# 天使之耳

交通警察之夜

〔日〕东野圭吾 著
朱田云 译

KOUTSUKEISATSU NO YORU
KEIGO HIGASHINO
交通警察の夜

人民文学出版社
PEOPLE'S LITERATURE PUBLISHING HOUSE

**著作权合同登记号　图字 01-2019-0598**



**图书在版编目(CIP)数据**

天使之耳：交通警察之夜 /(日)东野圭吾著;朱田云译.
—北京:人民文学出版社,2019(2023.1 重印)
(东野圭吾作品)
ISBN 978-7-02-015107-3

Ⅰ.①天…　Ⅱ.①东…　②朱…　Ⅲ.①推理小说-小说集-日本-现代　Ⅳ.①I313.45

中国版本图书馆 CIP 数据核字(2019)第 045969 号

责任编辑　**卜艳冰　陶媛媛**
装帧设计　**钱　珺**

出版发行　**人民文学出版社**
社　　址　**北京市朝内大街 166 号**
邮政编码　**100705**

印　　制　**凸版艺彩(东莞)印刷有限公司**
经　　销　**全国新华书店等**

字　　数　**91 千字**
开　　本　**890 毫米×1240 毫米　1/32**
印　　张　**7.5**
版　　次　**2019 年 5 月北京第 1 版**
印　　次　**2023 年 1 月第 6 次印刷**

书　　号　**978-7-02-015107-3**
定　　价　**69.00 元**

目录

Contents

# 天使之耳

# 1

午夜零点，收音机里传来报时声。

“接下来为大家播放的是一首曾经广为传唱的歌曲，特别是第一句歌词，我们在很多场合都会听到。让我们一起来重温——松任谷由实的《副歌在呐喊》。”

阵内瞬介刚刚还在整理报告书，现在却已经停下手，调响收音机的音量。这是他非常喜欢的一首歌。就像电台主播所说的那样，阵内也非常清楚地记得那第一句歌词，他情不自禁地跟着旋律哼唱起来——

为何？为何我们会相遇呢？紧紧相拥，几近破碎。

阵内已经想不起后面的歌词，只能随便哼哼调子。

“这首歌真好听，每次听都觉得很感动。”主任金泽巡查部长一边向阵内的杯子里倒茶水一边说。

“呀，这怎么敢当……是啊，据说演唱这首歌的女歌手每出一首新歌就能赚好几亿日元呢，有才华的就是厉害。”

“我们就算工作一辈子也赚不到她一首歌的唱片收入吧？”

“可不是嘛。不过现在已经不卖唱片，改卖光盘啦。”

过了一会儿，桌上的电话响了起来。金泽迅速接起电话。看见金泽听电话时的表情一下子从闲散骤变为紧张，阵内赶紧站起身，他明白，有案子了。

“C 町三丁目的十字路口，据说是两车相撞。”金泽放下电话听筒说。

“报案的是目击者？”

“不是，好像是其中一名司机。”

阵内听罢，松了一口气，心想，司机还能报案，说明当事人至少没受什么重伤。

金泽看着阵内这个后辈，却摇摇头说：“别放心得太早，听说另一名司机受了重伤，快不行了。”

“快不行了？”阵内不禁神色凝重起来。

他们立刻坐上处理意外事故的面包车赶往现场。C町三丁目是一条小商店林立的商业街，与南北走向、双车道的花屋通相交。白天还算热闹，晚上九点以后就没什么人了。

两人很快就找到了事故现场。巡逻的警车已经先行到达，正在指挥其他车辆绕行。一旁聚集了很多围观群众。

“唉呀，这么严重啊！”还坐在车里的金泽看到现场的状况，忍不住叹了口气。

对撞的是一辆黑色进口车与一辆黄色小客车。小客车已经严重地撞上十字路口左角的电线杆，而进口车的引擎盖则紧紧地嵌入小客车的驾驶座。进口车几乎没怎么变形，小客车却已经被撞得像个被揉捏过的废纸团。

阵内根据以往积累的经验，判断是其中一方没有遵守交通信号灯。

他们的面包车在巡逻警车旁边停下后，一名巡警向他们打招呼。

“辛苦了。”

阵内和金泽也回复巡警：“辛苦了。”

“救护车来了吗？”金泽问。

“来过了。一名伤者已经被送往市立医院，是小客车的司机。”

阵内心想：果然。看小客车的受损情况，就知道司机肯定不可能是轻伤。

“还有其他受伤人员吗？”

“没，幸好其他人都没什么大碍，真的算奇迹了。”

“进口车果然比较耐撞。”金泽说。

巡警摇摇头说：“我说的不是进口车，我是说小客车上的乘客几乎没有受伤，所以算奇迹了。”

“啊？小客车上还有其他人？”阵内忍不住发问。

“幸好乘客不在副驾驶座上，而是在后排。虽然车子严重变形，但驾驶座后面刚好形成了一个空当，所以坐在驾驶座后排的乘客几乎没有受伤。”

“哇，那还真是奇迹啊。”阵内也表示惊叹。

事故现场位于花屋通与另一条单行道交叉的十字路口。除了供车辆使用的信号灯之外，还有专供行人通过花屋通时使用的行人红绿灯，当红灯变绿灯时，就会响起《敬请通过》的旋律。

道路两旁设有行人专用的步道，步道内侧是一间间小商店。其中还有一家小银行，门口挂着电子钟，钟面显示现在的时间为零点二十二分。

“有目击者吗？”金泽问巡警。

“暂时还没有，我们会继续寻找。”

“麻烦你们了。”

金泽二人立刻开始调查现场。由于当事人大多还留在现场，他们决定先把笔录顺便做了。首先做笔录的是进口车的司机——友野和雄。

友野今年二十三岁，但看起来比实际年龄还要稚嫩，身材瘦弱，身上双排扣的西装显得很不合体。被问及职业时，他挺着胸膛说："自由职业者。"

如今这年头，没有稳定工作的人都能开进口豪车了。

阵内不动声色地把脸凑近他，并没有闻到酒味。

当被正式问及事故发生时的情形时，友野立刻抬高了嗓门嚷嚷起来："是绿灯！我这个方向是绿灯！是那辆小客车径直撞向我的！"

阵内赶忙安抚道："我们从头慢慢说，好不好？首先，请问你是从哪里来？要去哪里？"

"我说了，我从那里来！"友野先指了指十字路口的东侧，然后指了指反方向，"要去那里！"

根据友野指的方向，他当时的行车方向为自东向西，正打算横穿南北向的花屋通。

"当时你的车速大概多少？"阵内问。

"我没超速！"友野噘起嘴说。

"所以车速到底是多少？"阵内追问道。

友野撇了撇嘴，转过脸去。

这一举动被阵内一眼看穿，他知道友野正试图在附近搜寻限速标志，好确认限速标准。

过了一会儿，友野小声回答：“大概时速四十公里。”

“真的吗？过会儿我们查一下刹车痕迹，很容易就能判断真假哦。”阵内的语气中带着些许威胁。

友野听罢，泄了气似的拨了拨头发说：“我不记得了，反正当时没超速。”

“好吧。你刚才说你当时通行时是绿灯？”

友野把脸凑近阵内说：“绿灯！绿灯！绝对是绿灯！”

“是从什么时候开始变绿灯的？”

“啊？”友野没听懂，“什么叫‘从什么时候开始’？”

“从你的车子距离信号灯多远时变成绿灯的？还是说，你当时是停车状态，在等红灯，等信号灯变绿后，你才再次启动车子？”

友野想了想，回答说：“都不是，一直是绿灯。”

“一直？一直都是绿灯？”阵内觉得不可能出现这种情况。

“我不是这个意思。我留意到这个信号灯的时候，它就已经是绿灯了，应该是在过了上一个信号灯之后吧。然后我……我们通过这个信号灯的时候也是绿灯。”

“在上一个信号灯前有没有遇到红灯停下车？”

“我想想哦，应该没有……”说到这里，友野思索了片刻，但最后还是选择放弃确认，说，“我忘了。”

阵内看了一眼正在一旁听他们对话的金泽。金泽向他使了个眼色，表示“那就先这样吧”，于是阵内点点头。

“那么请你详细描述一下事故的经过吧。你是在绿灯情况下驶入十字路口的吗?”

“对！没错！是那辆车子突然从左边冲了出来，挡在我前面。我已经紧急刹车了，但还是没来得及……”友野双手一摊，鼓起下唇，摆出一副无可奈何的模样。

“你没注意到那个方向有车辆驶来吗?”

“这个嘛……”友野支支吾吾地说，“虽然注意到了，但说真的，因为那个方向是红灯呀，我怎么会想到对方会闯过来?”

“原来如此。”

听阵内说了这么一句之后，友野立刻露出高兴的表情，大概觉得警方接受了他的说辞，于是开心得像个孩子。

阵内又询问了事故之后的情况。据友野说，友野的女性朋友同在车上，在事故发生后立刻下了车，用公用电话拨打了 110 和 119。他们见对方受了重伤，本来想过要做点什么，但当时对方的车辆已经严重变形，他们也无可奈何。

“我大致了解了。”

阵内放下手中的笔："不过，你自己也最好去医院做个检查，毕竟出了交通事故，万一有个什么情况都不好说。另外，麻烦你把车子移走。车子应该还能开吧？但我不建议你自己直接开回去，还是找 JAF[①] 吧。"

友野点点头，突然想到了什么："我是在绿灯的时候开过去的，所以错不在我，对吧？"

正在阵内思考该怎么回答他妥当的时候——

"那要视情况而定。"一旁的金泽开口说，"我们还没听取对方司机的说法。"

友野听罢，嘴唇微微动了一下。虽然是微乎其微的表情，但阵内似乎看到了友野的一丝笑意，这让阵内产生了一种莫名的厌恶感。

阵内和金泽接着又向友野的女性朋友问了几个问题。友野的这位女性朋友名叫畑山瑠美子，是一名大学生，如果不看她那飘忽失焦的双眼和不安地微张的双唇，应该算是个美女。她只要稍做小动作，就会在灰白色皮草外套下露出迷你裙下裸露着的双腿。

阵内问瑠美子的问题与问友野的差不多，但她的回答几乎没什么参考价值。

---

① 日本汽车联盟（Japan Automobile Federation）的缩写，提供道路交通相关的服务。

“因为我当时睡着了，”这就是她的理由，“‘砰’地撞上后，我睁开眼看到的就是那样了。我什么都不知道。”

什么都不知道——这就是她强调的重点。

“所以说，你不知道当时是红灯还是绿灯？”

听到阵内的这个问题，瑠美子立刻一脸惊讶，然后赶忙慌张地摆手说：“知道的，是绿灯，我们是绿灯。”

“可你刚才说你睡着了。”

“就是……撞车之后我就醒了呀，下车后看到的信号灯就是绿灯。”

“但那时候的绿灯也可能是刚刚变成的绿灯吧？”

“不是的，是……是我刚看到绿灯之后，马上变成黄灯，之后又变红灯。如果是红灯刚刚变成绿灯，应该没那么快又变黄灯，会继续保持绿灯一段时间吧？”瑠美子抬头看着阵内的脸，一副据理力争的模样。

“原来如此，我懂你的意思了。”

听阵内这么说，瑠美子这才松了一口气。

向瑠美子问完话，阵内环顾四周，并没看到小客车上的乘客，于是他朝巡警走去。

“哦，小客车上的乘客啊，在那里呢。”巡警指着信号灯旁的一间公用电话亭说。只见一个身穿茶色双排扣连帽大衣、高中生模样的女孩正站在玻璃墙面的电话亭中。电话亭的门敞开着，女孩似乎正在打电话。

“我本来想叫她一起上救护车的，但她坚称自己没什么大碍，不肯去。”

“哦。”

阵内走近少女，对着她微微挥手示意。然而，女孩却似乎完全无视阵内——即使她此刻正直面阵内。

“没用的，”阵内身后传来巡警的声音，“她的眼睛看不见，是我告诉她那里有电话亭的。”

## 2

女孩名叫御厨奈穗，被救护车送去医院的是她的哥哥，名叫健三。兄妹俩从位于隔壁町的某个亲戚家出发回家，途中遭遇了车祸。从亲戚家的住址来看，御厨健三的车子当时应该在花屋通上自南向北行驶。

奈穗戴着一副浅色镜片的眼镜，透过镜片可以看到她的眼睛睁得大大的，不知情的人绝对想象不到这是失明者的双眸。再加上她那宛如陶瓷般美丽的肌肤，活脱脱一副大家口中美少女的模样。

阵内在面包车里为奈穗做笔录。

“你已经知道发生什么了吧？”阵内语气温柔，措辞谨慎。

奈穗点点头。

“你还记得事故发生前的情形吗？”

“记得。”

“当时你在和你哥哥聊天吗？”

“没有。从亲戚家刚出来的时候我们聊过一会儿，但在事故发生前，我们都在听电台，几乎没说话。”

奈穗虽然才高二，但和同龄的其他女孩相比，说话非常地有条不紊。

“是嘛。”阵内回复了这一句后开始思考下一个问题——该如何提问才能从眼睛看不见的奈穗口中问出有价值的信息？

“我再问个问题哦，你凭感觉回答就行。你觉得当时车速大概是多少？是不是很快？”问题刚一问出口，阵内自己都觉得傻，毕竟车速快否本来就是一种主观感觉。

不过奈穗却没有理会阵内的懊恼，她的回答让阵内感到很是意外。

“我觉得当时的时速应该为五十到六十公里。因为是半夜，哥哥开得确实是有点快。”

阵内不由得与金泽面面相觑。

“你怎么会知道得那么清楚？”金泽开口问。

“我常坐我哥哥的车，所以从震动幅度和引擎声就能判断出来。”奈穗坦然地回答道。

接着，阵内又问了一个更“荒唐”的问题：“当时的信号灯是什么颜色？”

阵内本以为奈穗会回答说不知道，没想到她竟自信满满地说：“应该是绿色。”

“理由呢？”

“因为就在事故发生前，我刚刚听我哥哥说‘太棒了，是绿灯，时间刚好’。”

“你确定当时听到的是‘太棒了，是绿灯’？”阵内对这样的证词有些不知如何反应，毕竟她不可能亲眼见到。

就在阵内陷入迟疑的时候，奈穗稍稍提高了音量说：“而且……”稍作停顿后，奈穗接着说，“而且我哥哥不是那种随便乱说话的人；他一定不会看漏或看错信号灯，绝对不会！”

调查完现场、确认事故车辆被转移之后，阵内和金泽等人一同前往御厨健三被送往的市立医院。奈穗坐在阵内的车上，友野与瑠美子则乘坐巡警的车。

在他们抵达医院前，奈穗的父母已经先行到达。一见到奈穗来了，父母俩立刻满脸愁容地朝她跑来。

“我哥哥呢?”奈穗问道。

“还在动手术。”母亲回答。

阵内和金泽走到稍远些的地方默默等候。他们来医院，一是为了确认御厨健三是否抢救成功，二是要请医生提供健三的血液样本，以此确认血液中的酒精浓度。

“您怎么看?”阵内问金泽，同时用余光观察着健三的家人。

“有点难办。”金泽主任说，“双方都坚持说自己这边是绿灯，而且那姑娘并非亲眼所见。我无意歧视官能障碍人士，但她的证词很难被采信。”

“得等她哥哥开口了。”

“是的。”

但如果健三最终无法开口，那么警方就只能采信友野一方的证词了。

“不管有没有用，我们还是去立一块告示牌吧。”

“是啊，虽然估计没什么用。”

当事故双方都主张自己是绿灯行驶时，最好的解决办法就是找到目击证人。可惜在车祸现场的围观人群中并没有找到目击了事故发生瞬间的人，所以他们只能去立告示牌，希望目击者看到告示牌后能主动联系警方。但以阵内的经验来看，立告示牌从来就没有过什么用处。

“手术好像结束了。”

听金泽说了这句，阵内朝手术室门口的方向看去，只见医生从手术室里走了出来，一脸严肃地对健三父母说了些什么。奈穗也听到了医生说的话，第一个哭倒在地。

## 3

在屏幕前确认过画面后，加濑纪夫满意地点点头。他为自己拍摄的这段短片打了高分。没有多余的镜头，而且画面都很有冲击力——毕竟是真实的事故。

纪夫是去年进大学后开始迷上拍摄的。因为考上了大学，他收到了一台摄像机作为贺礼。一开始，他只是单纯地享受拍摄的乐趣，但渐渐地，他萌发了自己制作影片的念头。不过正儿八经的剧作他还拍不了。最近他特别来劲儿的是，一听说哪里有突发事件，他就立刻奔赴现场进行拍摄，回来后自己剪辑，做成新闻短片，连放映机都打算去买了。

但问题是，他的周围不是每天都有那么多的突发事件，所以拍的尽是些赏红叶、降初雪之类的题材。这让他很不满足。

所幸，他遇到了昨晚的那起事故。听到一声巨响后，他立刻打开窗户，发现不远处的十字路口有两车相撞。他赶紧兴冲冲地拿起摄像机跑了过去。因此，警车、救护车赶到时的场景以及伤者被抬出事故车辆时的场面，全都被他拍了下来。

要说他唯一还有什么不满足的，就是希望自己能拍下事故发生的瞬间了。

看着自己拍的短片，他很清楚，拍到事故瞬间是不可能的。但现在这样也已经很满足了。信号灯和周围的场景都被他拍到了。他还有意识地拍了一些事故现场以外的镜头。

接下来就该进行剪辑了。

关于剪辑的手法，纪夫早就已经有了想法。

## 4

第二天早上，天亮后，阵内和金泽再次前往事故现场。因为刹车痕迹一般会残留两三天，尽量在亮光下拍照取证会比较好。

“从刹车痕迹来看，友野当时车子的时速应该快上七十公里了。可见那家伙根本一派胡言。”平日里性情温和的金泽此时也难得用了比较重的语气。金泽之所以动气，主要是因为御厨健三最终抢救无效，而作为直接加害人的友野竟然一声不吭地就从医院溜走了。对于死者家属，友野甚至连声招呼都没打。

刚才阵内给友野家打了电话。

“我又没犯错。”友野有恃无恐地说，“是对方闯红灯，死了也是自作孽。”

“但我觉得你至少应该去问候一下。”

阵内刚说完，友野就恬不知耻地说：“我才是受害者，应该他们来问候我。”

确认完主要调查事项后，金泽说：“和那姑娘说的一致，御厨健三车子的时速是五六十公里，刹车的时间有些晚。如果当时车速干脆再快一点，也许就能冲过路口，躲过这起车祸。唉，现在说什么都晚了。”

“其实就算超过限速十几二十公里的话，也不会有什么问题的。”因为阵内对友野的印象极差，所以分析案情时也免不了帮御厨健三说话。

离开车祸现场前，两人立了块寻找证人的告示牌，上面写道——

“本月七日凌晨零点时分，该十字路口发生两车相撞事故。警方正在寻找目击证人，望知情者联系 ×× 署交通科。”

再次确认告示牌的内容后，阵内叹了口气。因为他很清楚，即使真的有目击证人，大部分时候他们也不愿意出面作证，而理由大多也比较单纯，就是“不想惹麻烦”。阵内觉得就算有证人，他们也不会因为看到这块告示牌而主动现身。更何况天晓得究竟会有几个人会注意到这种告示牌，并能把内容认认真真地从头读到尾。

“我有一种不好的预感，这案子估计就这么不了了之了。”看着斑马线上来来往往的人流，阵内喃喃自语道。一般而言，就算是再大的事故，不出三天，也会被大多数人遗忘。

“唉，再等等吧。”金泽无奈地说道。

这天晚上，阵内换了件朴素的衣服到外面散步。其实他并非没有目的地散步。御厨家离阵内所住的公寓并不远，而且今晚正是御厨家为健三守灵的日子。阵内对自己说——只是去看看情况。但其实他自己明白，他真正的目的是想再见一见御厨奈穗。

御厨家古老的木结构房子坐落在住宅区内，占地六七十坪①，从墙外可以看到他们院子里种的柿子树。

突然，阵内发现御厨家的玄关处有些异样，好几个人慌张地进进出出。见奈穗的母亲也在，阵内于是上前询问。奈穗母亲一开始没认出阵内，但随后马上想起来他就是昨晚见过的交警。

“奈穗和友纪不见了，明明刚才还在这里的……”

友纪是奈穗的妹妹，比奈穗小两岁。一个小时前，大家还在

① 1坪约合3.3平方米，御厨家占地约合240平方米。

这里见过她们。

“姐姐!”一个胖胖的中年男子跑了过来，看样子像是奈穗的舅舅。

“我刚刚去那条街上的香烟店问过了，店家说看到像是奈穗和友纪的两个姑娘上了出租车。你知道她们会去哪儿吗?”

“出租车?”奈穗的母亲变得更加不安起来，“我不知道……那俩孩子会去哪儿呀?”

难道……

阵内脑海中闪过一个念头。他立刻离开御厨家，走到有人看见她俩上出租车的街头。正巧开来一辆出租车，阵内赶紧将其拦下，上车后说:“师傅，去C町三丁目的十字路口。”

阵内在接近事故现场的地方下了车，然后步行过去。小银行前的电子钟显示的时间为九点十二分。这个时候，不仅车流量大幅减少，路上的行人也寥寥无几。

不出阵内所料，奈穗果然就在这里，她穿着藏青色的制服，正站在十字路口的一角。而站在她身旁的应该就是奈穗的妹妹友纪，她的个子比奈穗高，穿着黑色套装，乍一看会以为友纪是姐姐。

“你们在干吗?”

听到阵内的声音，两个少女的身体都颤抖了一下。友纪警觉地后退了几步，目光里透着一股倔劲儿。

“是昨天的交警先生吧？”奈穗歪了歪脑袋问。

阵内回答：“是的。”

奈穗这才恢复安心的神情。

“我刚刚去过你们家，大家都在找你们，可担心了。快回去吧，我送你们。”

奈穗沉默片刻后开口说：“是我带妹妹来事故现场的，”声音听起来很沉着，“她说无论如何都想来看一下现场。我们要在这里为我哥哥守灵。”

“这样啊。”

阵内看了看友纪，只见她轻轻地将双手交叠在身前，正低头看着自己的手。她的手腕上戴着一块迪士尼的电子表，和她身上的正装显得非常不般配。

之后，她俩打电话回家报了平安，然后阵内拦了辆出租车送她们回家。在出租车上，奈穗向阵内询问事故的调查进展。

“因为没有目击者……”阵内自己也觉得这话只是找借口。

“如果没办法弄清事实，对方就完全不需要负责了吗？”

“不是的，我们会把报告送到检察院。不过……”

“不过什么？”

“如果没有充分的证据，检方就难以提起诉讼，很可能最后的结果就是不起诉。”

“所以我们无法告对方？”奈穗的声音变得尖锐起来。

“嗯。”阵内说完，看见奈穗咬紧了嘴唇，又说，“不过我们也不想如此，所以立了块寻找目击证人的告示牌。”

“我知道。”奈穗调整了一下眼镜的角度，将脸微微转向阵内说，“警察先生，‘目击’是指用眼睛看吗？”

“是啊，怎么了？”

“没什么。”奈穗轻轻地摇摇头，然后把脸转向友纪。

友纪一直在看车窗外的风景，上车后没说过一句话……

## 5

第二天，有个声称自己是目击证人的男人出现在警局。这人名叫石田，是一名学生，上身穿黑色皮夹克，下身是牛仔裤，头发挑染成茶色。

阵内和金泽在交通一科角落里的一张桌子旁听取这位证人的证词。

“大概是快到十二点的时候吧，我从那条路上开过，然后碰巧然看到了……当时事故就突然发生在我眼前，吓了一大跳呢。”石田一边嚼着口香糖一边说。

“你说的‘那条路’是哪条路？”阵内拿出地图，在石田面前展开。

石田抬起下巴看了一会儿，然后指着一条路说：“就是这儿。”他所指的是与花屋通相交的那条路。

“你当时在‘这儿’是怎么行驶的？”阵内追问。

石田用留着长指甲的手指指了指说：“从这儿到这儿。”

按照他的描述，他当时与友野的车子相向而行。

“也就是说，你是从事故现场的一旁通过的？”

“对啊，对啊。”石田连连点头。

“但是，”阵内盯着石田的眼睛说，“事故发生后，我们并没听说有人见过你所形容的车辆驶过现场。”

石田从鼻子里发出“哼”的一声：“谁会记得嘛？大家的注意力都在出事的车子上吧！”

阵内看了看一旁的金泽，金泽只是微微点了一下头。

“那请你详细说一下，你看到了什么？”

“我前行的时候，看到前面的绿灯亮了，但一辆黄色车突然从我右边窜了出来。还好我留的距离够足，刹车也及时，但对面开过来的那辆进口车还是和那辆黄色车撞上了。”石田边说边比画。

“原来如此。”阵内点点头，“也就是说，是黄色车子的司机无视信号灯？是这意思吧？”说完，他用圆珠笔在桌上“咚”地敲了一下，“怎么现在才想到来找警察？”

石田微微一笑：“之前我不想惹麻烦嘛，而且又没有赏金可拿。不过后来一想，也许我的证词可能帮到某一方，所以就来了。”

“那要谢谢你有心了。”

“是吧？虽说我不知道自己的证词会帮到哪一方，但还是希望被我帮到的人能给我点儿好处费的——我告辞了。”

阵内一把抓住正要起身离开的石田的衣袖。

“干吗？”石田大惊失色。

“请你把情况说得再详细些嘛。”

“该说的都说完了呀。”

“不会吧？还没讲到重点呢。首先，为什么那个时候你会开车经过那里？就从这个问题开始说吧！”

石田之后的陈述基本上可以成立——石田说，他之所以会开车经过那条路，是因为老板要他出差去相邻的城市，那时刚好是他出完差往回开的时候。他当时驾驶的皇冠车也是老板的。离开出差城市的时间和有关路线的描述，听起来也没有什么不自然的地方。

不过，阵内并不愿完全相信这些说辞，毕竟石田看起来不像是那种目击了事故后会主动出面作证的人。阵内猜测石田很可能是友野派来的“托儿”。

“如果你有证据能证明你当时确实在现场就好了。”阵内换了一种问法。

没想到石田鼻孔张开，有些得意地回答：“有啊。”

“什么证据？”

“目击事故后，我马上用车载电话给店里打过电话，想让老板帮忙录一下我想看的电视节目，顺便告诉他，我刚刚亲眼目睹了惨烈的交通事故。你们可以去问我的老板。”

“当时大概是几点？”

“让我想想哦……”石田做出一副思考的模样，挠了挠下巴，然后“啪”地打了个响指：“想都不用想，就在快到零点的时候，因为我要录的电视节目从零点开始。”

“快到零点的时候……”阵内看着石田。不知为何，阵内觉得石田长着一张让人联想到爬虫类的脸——笑起来的时候像条蛇。

石田离开警署后，阵内马上打电话联系了石田工作的咖啡馆。石田的老板名叫荻原，证明了石田当晚曾在快到零点的时候给店里打过电话。

“那时候帮他录的带子还在，你们想看的话，我给你们送去吧？”荻原说得很坦荡。

阵内估计看了那些录像带也没什么用，所以只请老板先留着。

“你怎么看?”阵内向金泽征求意见。

“我觉得不可信。”金泽主任说，“一听就像是事先准备好的说辞，很不自然。而且他还知道很多只有事故当事人才可能知道的信息，估计他和友野和雄是一伙的。”

“我也有同感。”

通常情况下，与信号灯有关的事故，都不太可能会有证人在事故发生两三天后才出现，所以石田在这个时候出现，本身就很可疑。根据阵内他们的经验，这种时候现身的多半是被人雇来作伪证的。他们还遇到过更夸张的——事故双方都请人作伪证。

“总之，再好好查一下石田的证词。如果真是一伙儿的，肯定会露出马脚。有必要的话，还可以请求增援。”

“明白。不过我应该会很快弄清楚的。”

阵内拿起电话，却在拨号前转向金泽，问：“要不……把石田的事告诉她?”

“她?”金泽扬起眉毛。

“御厨奈穗。如果石田真的在事发后曾经路过事故现场，也许她会记得些什么。”

“但她应该不会说对自己一方不利的话吧?”

“我告诉她的时候，会让她听不出石田的证词到底对谁有利。”

“这样啊，”金泽沉思片刻，也来了劲儿似的，“行！就这么办！事到如今，就赌一把了。”

事实证明，他们赌对了。

## 6

“他骗人！”奈穗大声断言。她的声音响到惹得其他警察都朝他们看过来。

“为什么说他骗人？”金泽冷静地发问。

“因为事故发生后，根本没有他说的那种车辆经过我们身边。如果有，我一定会听到声音。”

阵内他们之前只告诉她，说有目击者的车辆曾经路过现场，并没有说是在哪条路上行驶，所以奈穗应该无法判断目击者的证词有利于哪一方。

“也许你当时太激动，所以没听到？”

听阵内这么一说，奈穗将脸转向阵内，方向精准到就像她看得见似的：“警察先生，您太激动的时候眼睛会看不见吗？”

“不会，眼睛不会看不见，但……”

“所以啊，我的耳朵就和你们的眼睛一样。”奈穗语气坚决。

阵内一时无言以对。

金泽开口替阵内接着说道："不过，那个目击者有证据，可以证明他当时曾经开车经过现场。倒也算不上特别有力的证据，但确实有。"

接着，他们把石田在将近午夜零点的时候打过电话的事情告诉了奈穗。

奈穗听罢，惊讶地张大了嘴："那也是骗人！事故发生在电台零点报时过后。我已经想起来了，正想跟你们说呢。"

"为什么说是零点过后？"

"我说过，当时我们正在听电台，对吧？事故发生的时候，是在电台零点报时过后。然后我们还听到由米[①]的歌曲，紧接着就突然被撞了……"

"由米？"阵内大吃一惊，与金泽交换了一个眼色，然后一起暂时离座。

"她说的是真的！"阵内说，"主任您也记得吧？那晚电台确实是在报时之后播放了由米——也就是松任谷由实的歌！"

"有可能她是受到撞击后才听到，但她自己误以为是撞击前听到的？"

① 由米（Yuming, 日文写作ユーミン）是歌迷对松任谷由实的昵称。

“不可能，因为她坐的那辆车前半截受到撞击后已经被挤扁，收音机也被撞毁了。”

金泽听罢，摸了摸下巴，伸出食指说：“也就是说，如果事故发生在零点以前，她就不可能听到姆咪[①]的歌。”

“是由米。”

“随便啦。总之，如果车祸发生在零点以前，她就不可能听到那首歌。”

“我们再仔细问问吧。”

两人回到奈穗身边。

“你刚才说听到由米的歌，还记得具体是哪一首吗？”阵内问。

奈穗很自信地点点头，回答是《副歌在呐喊》，还轻轻地哼唱起那段美妙的歌词：“为何？为何——”奈穗的声音非常动人，有一种通透的质感：

“最后的春日里所见之夕阳映照鳞云——”

唱到这里，奈穗停下说：“就是唱到‘映照鳞云’的时候撞车的。”

阵内不由得对奈穗刮目相看。

① 芬兰童话“姆咪谷系列”中的卡通形象。

“所以，”奈穗继续说，“就是在唱到‘映照鳞云’的最后这个‘云’字的时候发生了事故。绝对错不了。”

午夜零点零分四十八秒。

如果御厨奈穗的记忆无误，这应该就是事故发生的精确时间。这是阵内向电台确认过后得出的结论。

奈穗凭借惊人的听力与记忆力还提供了一条新的线索——在电台播放到《副歌在呐喊》这首歌开头第一句“为何？为何”的第一个“为”字时，当时正在驾车的哥哥御厨健三曾说过：“太棒了！是绿灯！时间刚好。”那时候应该是零点零分二十六秒前后。

事故现场的信号灯为绿灯的时间长达六十秒。如果奈穗的证词可信，那么当时健三就有充裕的时间在绿灯亮起的情况下通过路口。

“干这行这么久了，”金泽苦笑道，“还是第一次以‘秒’为单位计算案发时间，真是长见识了。我已经报告过科长，他似乎也很关心这个案子。”

“啊，那个老顽固？”阵内看了看正在窗边自顾拔鼻毛的科长的那张大脸。

“不过，他的关心可不是什么好事，而是说那种证词怎么能信，还让我们尽快去调查清楚。”

“果然。”阵内有些郁闷地拿起电话，打给信号灯制造商——三兴制造厂。

奈穗以为，如果能明确事故发生的准确时间，并核查一下信号灯的历史记录，就能轻而易举地确定在那个时间点是红灯还是绿灯。然而事实上，根本就不存在所谓信号灯的历史记录这种东西。

阵内想到一个办法。假设信号灯一直都以精准到秒的方式运行，那么从此时此刻开始倒推，就能推测出过去某一个时刻的信号灯颜色。

问题是——信号灯的运行究竟有多精准？阵内正是为此打电话给三兴制造厂的。此刻，奈穗和母亲正在会客室等待结果。

接电话的是对方的技术部一个叫酒井的男人，声音听起来虽然很年轻，但说话彬彬有礼。阵内也以同样客气有礼的态度提出了自己的问题。

“不行，那是没办法的。”酒井听完立刻回答说。

“不行？是因为信号灯的计时不够精准吗？”

“不是的，信号灯的计时是很精准的。您说的那个地方安装的是S形程控式信号灯，就算使用一整年，误差也只有几秒。”

“那么——”

“但那是在通常情况下而言。您应该知道，信号灯转换的时间会随时间段而改变。高峰时段、夜间和白天全都不一样。所以每次都需要切换信号灯的定时器，因此难免产生误差。”

“大概会有多长时间的误差？”

“最多七秒。”

“七秒……”阵内一下子泄了气。事故发生至今，已经过去好长时间，在此期间，信号灯的定时器不知道已经切换过多少次。

“如果是在没有切换过定时器的同一时间段内，您所说的倒推是可行的。这一点我们可以保证。”

阵内道谢后挂上电话。酒井说的“保证”一点儿也帮不上忙。

阵内将这一结果报告给金泽，原本十分期待的金泽也显得非常失望。

更难的事还在后面——阵内要回到一楼会客室把结果告诉奈穗。奈穗原本对证明哥哥的正当行为充满了信心。阵内刚把话说完，奈穗就忍不住双手捂着脸哭了起来。奈穗母亲抚摸着她的背安慰她，可她还是哭个不停，完全没有要停下的样子，惹得周围的人都惊讶地看了过来。

阵内一时间不知所措。突然，有人拍了一下阵内的肩膀。

“怎么回事啊？”

说话的正是认识阵内的社会新闻记者。

## 7

加濑纪夫聚精会神地看着社会新闻版一角的这则报道，写的正是几天前的那起事故。

报道中提到死者的妹妹双目失明却听力过人，并凭此能力将事故发生的时间精准到秒。她主张哥哥是在绿灯情况下正常行驶，现在却没办法证明这一点。

看着报上刊登出来的少女的脸，纪夫觉得她长得真可爱，心想要是能帮到她就好了——可惜自己拍下的都是事故发生之后的镜头，并没能记录到事故发生时的瞬间。

尽管如此，纪夫还是回到自己的房间，重新播放了一遍前几天拍摄的短片。

“毕竟是事故发生之后拍的，拍再多也没用啊。”纪夫看着画面自言自语。虽然画面中拍到了信号灯，但那时距离事故发生已经过去了好几分钟。

正当他准备放弃、打算去按停止键的时候，画面的背景发生了些许变化。纪夫赶紧停手，注意到画面后方有一台时钟，是那间小银行门口的电子钟，上面显示的数字是“0:13”。此时，画面前方的信号灯为绿色。

“有意思。不过估计这也不能证明什么。如果是精确到秒的时钟就好了。咦——”就在他嘟囔的这工夫，时钟上的数字变成了“0:14”，而此时画面前方的信号灯依然为绿色。

这说明什么？时钟变化的瞬间应该是零点十四分零零秒，如果这个瞬间信号灯是绿的——这能证明什么？

纪夫盘起腿，陷入思考，心里涌上一个念头：说不定自己已经掌握了了不得的证据——他越想，心跳就越快。

绿灯也分很多种情况。有刚刚从红灯变成的绿灯，也有即将变成红灯的绿灯，两者是不一样的……纪夫敲了敲自己的脑袋，还是理不出个所以然来。

就在这时，画面中又出现了变化。纪夫呆呆地看了好一会儿，突然犹如醍醐灌顶。他立刻倒带，重新确认了一遍。

“啊！”他不由得站起来大叫，“妈！电话！”

## 8

“我没听懂，你从头再说一遍。”留着小胡子的科长向后靠在椅子上说。自从御厨奈穗上了报纸，他似乎一直在关注这起事故。

“首先是信号灯的间隔时间。”

“这个我知道，五十六、六十、四，对吧？”

“没错。”阵内点点头。

科长所说的数字是信号灯亮灯的时间：红灯五十六秒，绿灯六十秒，黄灯四秒。这是针对在花屋通上行驶的车辆而言。而在与花屋通相交的另一条路上，情况正好相反。所以会有四秒钟的时间，两条路上都呈现红灯状态。

“换言之，整个过程是一百二十秒，刚好两分钟。每隔两分钟，信号灯就会变回原本的状态。”

“嗯，这部分我听懂了。”

“再来看这盘录像带。”阵内说着，重新播放了一遍加濑纪夫借给他的录像带。画面中，银行门口的时钟从“0:13”变为“0:14”时，阵内按下暂停键说：“您瞧见了吧？在这个瞬间，信号灯是绿的。”

“嗯，零点十四分零零秒的时候是绿的。”

“是的。不过我联系过这家银行，他们说他们门口的电子钟其实不准，比实际时间慢了四十一秒，所以我们看到变成零点十四分的时候，实际上是零点十四分四十一秒。”

科长拍了两下自己的额头，问道："所以呢？"

"我们再往后看。"阵内看着自己的手表，再次按下播放键，然后马上按了暂停键。

科长一脸不解。

"刚才过了七秒，所以现在是实际时间零点十四分四十八秒的画面。您看，信号灯一直是绿的。"

"没错。"

"刚才我们讨论过，信号灯每隔两分钟就会变回原本的状态。所以两分钟前的零点十二分四十八秒，信号灯也应该是绿的。以此类推，御厨奈穗证词中所说的零点零分四十八秒，也就是事故发生的时刻，信号灯就是绿的。"阵内一口气说完这段话，期待地看着科长的反应。

科长"嗯"了一声，双手抱臂，闭上眼思考了一会儿。接着睁大眼，摇了摇头说："你说的意思我都懂，也认可零点零分四十八秒那一刻是绿灯的推理。但问题是，零点零分四十八秒究竟是不是事故发生的准确时刻？虽说正因为看不见，所以耳朵会更加灵敏，但记忆还是有可能会出错的。按常识来判断的话，如果在听歌过程中发生什么意外，一般很难清楚且准确地回忆出究竟是唱到哪儿时发生意外的。"

"但您说的那种常识，对那个姑娘不适用。"

“什么意思？”

“您再看一下这个就明白了。”说完，阵内继续播放刚才的录像：仍是相似的画面，信号灯和时钟同时出现在镜头中。

“这部分有什么问题？”

“您看这里。”阵内指着画面中的信号灯，只见信号灯一瞬间由绿变黄。

科长“哦——”了一声。

紧接着，镜头切换到别的画面。

“就在画面切换前，信号灯变了颜色。”科长说。

“没错。这里应该是零点十五分二十五秒。因为绿灯的亮灯时间为六十秒，所以信号灯是在零点十四分二十五秒的时候由红变绿的。由于这个循环也是信号灯每隔两分钟重复一轮，所以我们可以推算：零点零分二十五秒的时候，信号灯也是由红变绿的。”

“零点零分……什么意思？”

“请您再回忆一下御厨奈穗的证词。她说在事故发生前，曾听御厨健三说过：‘太棒了！是绿灯！’根据她的证词，我们推算出那是在零点零分二十六秒前后。”

科长的脸抽动了一下。

“都查到这份上了，您还在怀疑她奇迹般的能力吗？”阵内说完，不再开口。

“科长！”一旁的金泽叫道。

科长抬起头，慢悠悠地说：“我有一个提议。”

阵内觉得，进行这种实验应该是日本警察史上头一次吧。

以警署署长为首，各部门科长级别以上的长官都聚集在会议室里。讲台上坐着一个人，正是御厨奈穗。奈穗的母亲也在场，坐在众人后面，正担心地关注着实验进行。

“感觉如何？”站在奈穗身旁的阵内小声问道。

“有点儿紧张，不过没关系。”奈穗回答道。

“诸位，开始吧。”金泽的话音刚落，会场里就出现了一些小躁动。金泽向等在一旁的女警示意，女警面前放着一台录音机。

此时全场安静，音乐响起，是松任谷由实的《纪念日》，也是奈穗的希望之歌——

为什么一直不自知？

追寻已久的爱就在这里啊。

若不是事先知情，冷不防看到这一幕的人一定会觉得很诡异吧。一群恐怕连松任谷由实的昵称是“由米”都不知道的大叔们正聚在一室，一脸认真地听着深受青少年喜欢的松任谷由实的歌。

歌曲刚播放没多久，只听见女警不可思议地开始念了起来："打字机……香水……戈尔巴乔夫……烟草……"

这些毫无关联的词汇被女警毫无规律地一个个念了出来，毫无脉络可循。这些词是他们从一般的高二女生都知道的词汇中随机挑出来的。

歌曲还在继续，女警也仍在机械式地报读。署长突然咳了一声。

一曲终了。阵内看了看奈穗，与实验开始前相比，奈穗的表情并无变化。

"那么，我们来看一下这张表。"金泽发出指令。

女警拿出一大张表格，上面写着她刚才念过的所有词汇。

"现在开始提问。谁先来？"

金泽的话音刚落，后排立刻响起一个声音："戈尔巴乔夫？"发问的是警备科长。

"知道吗？"金泽问奈穗。

阵内觉得奈穗似乎想了很久。所有人都屏住呼吸，注视着奈穗，气氛异常紧张。

奈穗吸了口气，然后开口说："是唱到'牵着手的两个人'

的‘手’字时念出来的。”奈穗的语气非常确定。

大家马上把视线转向女警，只见她对照了一下手中的记录，宣布：“完全正确！”大家立刻不约而同地啧啧称赞。

实验继续。

“计算器？”

“是唱到‘抬头看着你的眼’的‘着’时。”

“婴儿？”

“‘相信明天’的‘信’时。”

奈穗完美地回答对了所有问题，这足以证明她真的可以在听歌过程中准确地记住事件发生时正好唱到的具体歌词。

整整十个问题全都问完，没人再开口提问。连这些现实主义者都不得不承认奈穗惊人的能力。

“差不多了吧？”见金泽没作声，阵内开口问道。

过了好一会儿，都没人回答。

这时，署长举起了手：“我在播放歌曲的过程中咳过一声，你想得起来吗？”

阵内吃惊地朝奈穗看去。

奈穗沉默不语。

“怎么样？如果不能记住突发的情况，就证明不了是完美无误的哦。”署长笑得很和善，但看向奈穗的目光却很犀利。

阵内有些自责地低下头来。

但就在这时，奈穗突然开口说："是在唱到'司空见惯的早晨于我亦是纪念日'的'纪'这个字时。"

阵内抬起头来，看见署长的嘴角在发抖。

署长慢慢地走近奈穗，轻轻握起她的手。"我也非常喜欢这首歌。"署长说，"太棒了！真了不起！真的是奇迹之耳！"

听到这句话，奈穗第一次露出了笑容。

阵内不由得感慨：这就是天使的笑容啊。

## 9

就在那场令人叹为观止的实验结束两天后，友野和雄承认了自己的过失。他在接受调查的时候，起初还满不在乎，但作了伪证的石田和那天与他同车的畑山瑠美子都选择了坦白，他也就放弃了挣扎。石田是友野赌桌上的牌友，欠了友野不少钱，因为友野答应他的欠债一笔勾销，所以才来作伪证。

友野自己交代说，那天他开车送瑠美子回家，但途中瑠美子大发脾气，吵着要下车，甚至在行驶过程中还要强行打开车门，打算跳车出去。于是友野去抓她的手腕，瑠美子则奋力挣扎，结果就没看信号灯。

“其实是红灯，远远地就看到了，但当时我觉得，等我到路口的时候应该就会变绿灯，所以大意了……”友野心虚地说，“都怪那个女人，是她干扰我驾驶！”——都到这份上了，还不忘拖瑠美子下水。

一周后，阵内碰巧经过那个出事的十字路口，看见畑山瑠美子手里拿着一束白花正蹲在信号灯旁。

“真美啊。”

听到阵内的声音，瑠美子吓了一跳，转过头来，表情有些尴尬：“让您见笑了。”

“不会啊。仔细想来，其实你也算受害者之一。”

瑠美子摇摇头苦笑道：“我为友野说了谎，是他的共犯。”

“谎言终究会被戳穿。”

“是啊。”瑠美子长叹一口气，“那姑娘太厉害了。”

“是啊。”

“你看我，虽然看得见，却什么都记不住，真没用。”瑠美子说着，将视线投向远处银行门前的电子钟上，“虽然不知道太多细节，但那台钟似乎就是给事故定性的关键吧。”

“是的。”

“零点零分四十八秒……如果真是那样的话，那我的记忆力应该也算是好的。”瑠美子搓了搓鼻子说，“撞车后我一抬头，不知怎么的，最先看到的就是那台钟。那时候显示的是‘0:00’，三个零并排，之后又马上变成了‘0:01’。所以说，事故发生在零点零分四十八秒，这和我的记忆也大致吻合。因为从两车相撞到我抬头看钟，应该经过了十秒左右吧。”

阵内不由得吃了一惊，心想：这女人到底在说什么！

“不过事到如今，这些都不重要了。”瑠美子有些自嘲地说。

见阵内一脸不可思议的表情，瑠美子问：“怎么了？您的脸色不太好。”

“没、没什么。”阵内说，“我该告辞了。”

“嗯，再见。”瑠美子说完挥挥手，头也不回地转身离开。

瑠美子的身影不见了之后，阵内看了看银行门前的电子钟，头脑中疯狂地涌出一大串数字。

阵内心想：事故刚发生就看见电子钟从零点零零分变成零点零一分？这话也太蠢了吧？怎么可能！因为那台电子钟比实际慢了四十一秒，所以刚变成零点零一分的时候，实际上应该是零点零一分四十一秒。如果按瑠美子所言，两车相撞应该是在这个时刻的约十秒前，即零点零一分三十秒左右。这与奈穗的证词相差了四十多秒。

但如果这才是真正的撞车时间呢？那时候的信号灯会是什么

颜色?

阵内在脑海中迅速推算起来，然后不由得“啊”地叫出了声。

到零点零一分二十五秒为止是绿灯，从一分二十五秒到一分二十九秒是黄灯，而之后一直到一分三十三秒为止，双方都是红灯。

所以——难道是御厨健三和友野和雄两个人都闯了红灯?

这么一来，一切就说得通了。友野和雄曾说过，他当时觉得开到路口的时候应该会变绿灯。

但阵内马上打消了这个念头。因为如果真是如此，御厨奈穗不可能讲出那样完美的证词。如果没有加濑纪夫的录像带，没人会知道零点零分二十五秒的时候信号灯会变色。

阵内继续向前走，心想：自己何苦在这里待那么久，尽想些不着边际的事?

突然，他看到一间电话亭，不由得停下脚步。他想起奈穗在事故当晚曾打过电话。

她一定是去打电话听报时吧。

信号灯一般都没有声音，但也有例外——专供步行者使用的信号灯附有为盲人设计的《敬请通过》的旋律。阵内猜测当时奈穗左耳听信号灯的旋律，右耳听报时，然后将旋律开始的准确时间刻在记忆中。

之后，她再去事发地调查信号灯，目的是确认信号灯的变换间隔。

所以那个晚上……

阵内想起为健三守灵的那一夜，奈穗和她的妹妹两人曾站在那里。她们来这里并不只是为了看哥哥的事故现场，而是来计算信号灯的变换间隔的。阵内的眼前又一次浮现出友纪戴的那块迪士尼电子表，她们就是用那块表来计时的吧。

只要知道了《敬请通过》旋律开始的正确时间以及各个颜色的信号灯的变换间隔，就能推算出零点零分二十五秒的时候，信号灯由红变绿。然后，奈穗再利用自己的特殊本领，设计出俨然是真相的事故发生时间。然而，事故发生的真正时间应该是已经唱到《副歌在呐喊》后半段歌词的时候。

阵内摇了摇头，怎么可能发生这种事！他对自己说：她那天使之耳是用来诉说真相的，并不是用来将警方玩弄于股掌之上的。

阵内想起奈穗那时的笑容。

也许是感冒了。阵内打了个寒颤，觉得背脊发凉。

# 隔离带

# 1

这条路名叫白石街道。

整条路为东西向，横穿A市的中心地带，向东可以到达B市，向西则通往邻县。对附近的居民，特别是开车出差的人而言，算是交通要道。特别是每天早晚，车流量都比较大，通往A市市中心的交叉路口附近几乎全天拥堵。

这条路共有四条车道，两个方向各有两条。路面很平整。中间的隔离带里种着杜鹃花，每隔数米就有一盏路灯。虽说信号灯不少，但到了夜里就会变成联动模式，所以只要不超速行驶，一路上几乎都可以畅行无阻。

十月二十日，夜里十一点多。

一辆白色的丰田猎人（Chaser）正沿着白石街道向西行驶。开车的是县内一家建筑公司的组长。他住在邻县的镇上，因为经常加班到很晚，赶不上末班车，所以平日里都是开车上下班。相比平时，这天晚上算是回家早的了。

路上很空旷。每到这个时段，路上的车辆总会一下子变少。此时，他正驾驶车辆沿着右侧车道行驶，前方数十米处只有一辆卡车，后方则一辆车都没有。刚才还在淅淅沥沥地下雨，但现在已经停了。

他跟在前方的那辆卡车后面已经开了很久。他对卡车车身印着的公司名“快速货运”有几分印象，因为他所在的公司也时常委托这家运输公司运送建筑设备或材料。

如果在平时，他早就加速超过那辆卡车了。但今晚，他已经累得不想去超车，只想一直远远地望着“快速货运”的公司名，手里懒懒地握着方向盘。这段路限速时速五十公里，前面那辆卡车开得不算特别慢，时速保持在五十五公里到六十公里之间。如果开得更快，反而容易吃到红灯。

他之所以没超车，还有另一个理由——如果要超过同在右侧车道行驶的卡车，他就得变道到左侧车道，但左侧车道上有很多停在路边的车辆，根本没法顺利地驶过。

所以他心想：算了，就这么慢慢地开回家吧。

他打了个呵欠，重新握好方向盘。

这时，他见卡车亮起了刹车灯。前方是红灯。虽然稍稍迟疑了一下，但他还是跟在卡车后面踩了刹车。

趁着等红灯的工夫，他转头看了看周围。道路左侧的交叉路口前有家快餐连锁店，此刻正灯火通明，不过餐厅里似乎没几个顾客。除了这家餐厅，其他建筑物看起来都黑压压的。他又抬头张望信号灯的前方，发现道路右侧有家二十四小时营业的便利店。

这时绿灯亮起，卡车向前行驶。几秒后，他也踩下了油门。

他刚才看到前面还有一个信号灯，但因为被卡车挡住，没法看清现在是红灯还是绿灯。从卡车现在的加速状态来看，他判断卡车司机想趁着还是绿灯的时候冲过去。不过，他心里估摸着有点悬。

此刻，仪表盘显示时速已经超过五十公里。他同时踩了脚油门。

就在这时！

前面的卡车突然踩了急刹车。他也连忙一脚刹车踩到底。但事与愿违，车辆的制动根本没那么快，轮胎摩擦着地面继续向前滑去。

惨了——他在心中默念。然而眼前却发生了一件让他难以置信的事。

就在他踩刹车的同时，卡车突然右转。因为刚下过雨，路面很湿滑，卡车的轮胎严重打滑，紧接着发出一声巨响——卡车猛地撞上道路中央的隔离带。然而，隔离带也没能阻挡卡车的滑行，就在半个车身越过隔离带的时候，卡车一下子失去平衡，发生了侧翻。

此时，对面车道上也迎面开来一辆车。

尽管对面那辆车紧急刹车，轮胎发出了刺耳的摩擦声，却还是因为路面湿滑来了个九十度回转，后半截车身重重地嵌进侧翻在地的卡车的驾驶座。

坐在丰田猎人上的男人目瞪口呆地看着眼前发生的一切，这是他第一次如此近距离地目睹车祸现场。突如其来的事故把他吓得完全呆住。

不过，没过多久，他就回过神来，因为他清清楚楚地看到——事故发生后，一辆原本停在左侧车道的车辆突然开走了。

## 2

接到报案，世良一之赶紧作好出警准备。他们已经收到县警总部的联系电话。

“真倒霉，每次订了‘幕之内便当’①都这样。”主任福泽巡查部长说着，在走廊上小跑起来。世良与福泽同组，虽然今晚还有另一组人值班，但之前已经因为其他事故出警了。

两人一坐上警车，就打开红色的警灯。他们出警的时候一般不鸣警笛。

“卡车撞上隔离带，然后侧翻？估计没救了。”

刚开出去没多远，福泽就通过无线电与已经到达事故现场的巡警取得了联系。据说救护车已经到达现场，正在对卡车司机进行施救。原本行驶在对面车道、后半截车身撞上卡车的那辆轿车的司机则是右腕和腰部受了轻伤。医护人员打算把他也带去医院进行治疗。

福泽确认完情况后说了声“收到”。

“白石街道？这时候车流量应该不大，今晚的事故多半是因为超速吧？”世良说。

“也许吧。但也可能是因为路面太平整，下雨后特别湿滑。”

没过多久，两人就到达了事故现场。就像刚才无线电通报过的那样，现场非常惨烈——卡车冲上了隔离带，两侧原本双向的双车道都只剩下左侧的车道还能通行。

---

① 原先为观剧中场休息时吃的便当，现泛指菜肴丰富的便当。

两名巡警正在忙着指挥交通、疏散车流。除了他俩，所在辖区的派出所也派出两名警察前来支援。和他们打过招呼后，世良与福泽走向出事故的车辆。

“真惨。”

卡车右侧朝下倒地，横在路上，前挡风玻璃窗被对面开来的那辆日产西玛（Cima）的后车身撞得严重凹陷，玻璃碎裂，驾驶座已被撞得没了形，车座上鲜血横流。

“估计没救了。”福泽走到卡车旁，探头看了看驾驶座，“你去找一下有没有可以确认身份的证件。”

世良拨开碎玻璃，把手电筒伸进严重变形的窗框缝隙里，照亮车内，结果找到一个黑色小包，里面装着驾照、钱包、纸巾和两包烟。驾照显示司机名叫向井恒夫，住址就在县内。从出生年月来看，现年三十三岁。

世良在心中唏嘘不已：这司机和我的年纪差不多，真可怜。

把证件放回小包后，世良用附近的公用电话联系了“快速货运”公司。公司方面此前已经得知事故的情况——估计是负责救援的医护人员方才联系过他们，毕竟如果伤者身份不明，医院也会为难——事故车辆一般由事故当事方负责拖走，所以世良在电话里请“快速货运”公司派牵引车过来拖走卡车，还顺便打听了一下向井恒夫的家庭联系方式，然后挂上了电话。

接着，他打电话给向井家。电话通了之后，响了好几声都无人接听。世良判断家属应该已经被叫去了医院。

派出所的两名警察向世良介绍了那位车后身撞上卡车的西玛的司机的情况。司机名叫望月。世良给望月家打了电话，说明了情况。因为之前没人联系过望月家，所以望月的妻子在刚听说这事儿的时候惊讶得说话都结巴了。世良告诉对方，望月只是受了些轻伤，但对方还是非常担心。世良让望月的妻子找人把事故车辆拖走，望月的妻子说会马上联系 JAF。

打完电话后，世良回到事故现场。

通常情况下，在做现场取证时，必须确定事故车辆的位移情况，详细调查路面上的制动压印与车辆滑行的痕迹等等。然而，现在已是半夜，路面又比较湿滑，几乎不可能查清制动压印。所以他们只能等到第二天早晨再处理。

下一步就是寻找目击证人。

世良走进那家离现场不远的便利店——附近只有这家店现在还亮着灯。

令人失望的是，身穿蓝色制服的店员告诉世良，他当时是突然听到一声巨响后，觉得好奇才冲到店外的，所以没能看到事故发生的瞬间。

虽然当时店里还有其他几个顾客，但都说没有目击到当时的情形。

走出便利店，世良向福泽简单地汇报了一下情况。

“在我们赶到这里之前，他们已经要到了几个当时在现场的人的联系方式。”

一个与世良年纪相仿的派出所警察给两人递上一份名单，上面一共有五个人。

福泽大致看了几眼后，指着一个人的名字问：“这个人的名字后面为什么打了星号?”

“这个人当时一直跟在卡车后方，是一名公司职员，似乎目睹了整个过程。打电话报警和叫救护车的也是他。”

“原来如此。”福泽点点头。

世良顿时有种得救了、心中石头落下的感觉。对他们来说，最麻烦的就是调查事故原因。而如果遇上当事人死亡，那就会难上加难。不过如果有目击证人的话，只要给证人做份笔录，写个报告就能交差。

“明天一早，你去找一下这个人。”福泽给世良下指令，自己也露出松了一口气的神情。

确认过拖车事宜后，世良与福泽赶往医院。驾驶与卡车反方向行驶的西玛的司机已经结束治疗。他的伤势较轻，只是手腕上缠了纱布简单包扎了一下而已。

“当时那辆卡车突然出现在我眼前，真的吓死人了。”

这个名叫望月的中年男子眼睛瞪得很大，说话的嗓门也提得很高。他的工作是经营公寓，今晚去邻县朋友家玩，回来的路上遇到了事故。

世良与福泽向望月询问了一下事故发生前的情况，然后判断过错应该不在望月这一方。虽然当时望月稍稍有些超速，但不至于要追究他的责任。

“当时你有没有注意到对面车道上有什么异样？”福泽问。

望月当即摇了摇头：“没有。因为我是一直正视前方，认真驾驶，从不左顾右盼。也正因如此，我只受了点轻伤。警察先生，可不是我的过错哦。你们不会怀疑我驾驶时注意力不集中吧？那可真的冤枉了。”望月的目光中透露出委屈的神情，嘴里还不停地嘟囔着，“真倒霉。”

望月离开医院后，世良与福泽决定去见一下卡车司机的家属。据说卡车司机还在动手术，他的妻子正在手术室外等着。

坐在手术室外长凳上的卡车司机的妻子见福泽他们朝自己走近并致意后，也微微地点了点头。

看清卡车司机妻子的长相后，世良暗自大吃一惊。与此同时，对方似乎也认出了他。

“你们认识？”福泽从两人的表情里看出了端倪。

“这位是我的高中同学，我记得好像姓营沼……是吧？”

卡车司机的妻子点点头，小声回答了声“是的”。世良觉得她的眼睛现在看起来有些红肿，但大眼睛和长睫毛似乎仍是当年的模样，未曾有过丝毫的改变。

“这样啊，”福泽稍作思量，“那你们俩谈吧。我去和警署联系一下。”福泽轻轻拍了拍世良的肩膀，转身走向走廊——就像是在故意关照世良、给他一个机会。

“你还好吧？”等看不见福泽的身影后，世良开口说。

卡车司机的妻子虚脱无力地耷拉着脑袋。“他绝对不是那种人，不可能是他的错，他从来没出过事故……”说着，她不由得用双手捂住了脸。

世良一时间也不知道该说什么才好，只是愣愣地看着她膝盖上那块叠放整齐、湿透了的手帕。

“还好认识你，没想到这么巧。”她双手依然掩面，“原来你当了交警啊。”

“我这人没什么别的长处，就是体力好。”

世良在她身旁坐下，注视着她的侧脸。她与自己同岁，已经年过三十，但肌肤依旧如往昔般白皙细腻。

营沼彩子。

虽然刚才世良故意假装记不清她的全名，但其实他记得清清楚楚。彩子——当年高中备考的时候，他还曾把她名字的拼写“AYAKO”写在笔记本的一角。不过直到最后，世良都没能鼓起勇气向她表白。毕业后，两人更是各奔东西，没再联系。

世良憋了一肚子的话，但现在作为交警，他能问的却只有与她爱着的那个男人相关的情况。

“你丈夫从什么时候开始在‘快速货运’做司机的？”

“已经有十年了。”彩子稍微停顿了一下回答说，“我们认识前他就在那里做事了。”

世良其实很想问问他们是怎么认识的，但又自知这与事故无关。

“你刚才说他之前从未发生过事故？”

“不仅从未出过事故，而且连违章都没有，还曾经因此受到过公司的表彰。他同事以前总是笑他开车太老实。”彩子说完，停了一会儿，然后好不容易又从喉咙里挤出一句，“我没法相信。”

“他最近工作情况如何？忙吗？”

“稍微有点忙吧，听他说公司最近生意很好……”说到这里，彩子似乎明白了世良问话的用意，抬起已经哭得有些浮肿的脸，盯着世良说，“但不至于忙到没有休息时间。他平时就很注意休息，不会硬撑着疲劳驾驶的。”

世良默默地点点头。

看到“手术中”的指示灯熄灭，彩子立刻起身。世良也条件反射似的站了起来。

手术室的白色大门被推开，医生从里面走了出来，面对彩子，声音干涩地说：“很遗憾……”

彩子瞪大了双眼，呆了大约两秒，然后一下子瘫软跪倒，号啕大哭起来。

## 3

第二天一早，为了继续做完昨天夜里没能完成的取证，世良与福泽再次来到车祸现场。即使下过雨，路面上的痕迹也能保留到第二天。

“司机应该是在这里踩下刹车，然后向右打方向盘，也正是因此车轮才会打滑，最后整辆车冲上隔离带。”在距离卡车侧翻位置十几米远的地方调查完毕，福泽讲述了自己的观点。在他身旁的世良则用黑白全自动相机拍照记录。

“他当时会不会是想避开什么？”

“可能吧。找那个目击者问一下情况，应该就能弄清真相。”

此时，两人的想法都还比较乐观。

回到警署，世良打电话给当时跟在卡车后面的车辆的司机。目击者名叫太田吉男，就职于县内的一家建筑公司。

太田似乎对世良的电话已经等候多时，刚接通电话就一口气说了起来。

“我其实从昨天开始就一直觉得不对劲，因为今天一大早还要上班，所以昨天就先回家了。你们问过其他目击者了吗？”

“还没，您是第一位。”

“是吗？我也觉得我应该是看得最清楚的那个了。”——这番自夸式的开场白后，他就滔滔不绝地讲起来。他向世良讲述了事故发生前自己如何跟在卡车后面行驶，如何看着卡车过了一个信号灯后开始加速，又如何突然踩急刹车。

“请问您是否知道卡车当时为什么要急刹车？”世良问。

“关键就在这里！”太田一下子拔高了嗓门，“事故发生前，因为卡车挡住了视线，所以我没法判断前方的情况；而事故发生的瞬间，我又被当时的情形吓到了，所以记忆比较模糊。但我清楚地记得，当时有辆停在左侧车道的车突然探出车头来。”

“哦？”世良不由得叫出声来，“真的吗？请您再说具体些！”

“呃，再说具体些？我记得的只有这么多——当时左侧车道上应该停着一排大约三辆车。事故刚发生，我就看到停在中间的那辆车向右探出车头。当时我心里还觉得奇怪呢，紧接着就看到那辆车一溜烟儿地开走了。”

当晚，世良与福泽赶到现场的时候，左侧车道上一辆车都没有。世良推测，估计是那几辆车的车主们看到出了大事故，怕自己受到连累，于是赶紧把车开走了。再结合路边那家二十四小时营业的便利店，世良推测那些车主之前曾在便利店里购物。

“您说的那辆车起步的时候有没有打转向灯？”

“没有！”太田非常确定地说，“我记得很清楚。我猜可能就是因为这个缘故，才把卡车司机吓得踩了急刹车。”

“卡车司机在急刹车前有没有按过喇叭？”

“我听到他按了。不过可能因为太过突然吧，所以喇叭声比较短。”太田冷静地分析道。比起亲眼所见，一般亲耳所听的记忆会比较模糊，所以世良由衷地佩服连喇叭声都记得那么清楚的太田。

“请问您是否记得事故发生后开走的那辆是什么车？”

“记得。我平时就很关注汽车品牌，是一辆黑色奥迪。绝对没错。”

“黑色奥迪……您看到车牌号了吗？”

“那倒没有。”

“这样啊。”其实打听到车型已经是很大的收获。

挂断电话后，世良与福泽讨论了一下。福泽听完，神情变得严肃起来，因为现在出现了有人妨碍驾驶的可能性。

“得想办法把那辆奥迪找出来。我们再去问问其他目击者。”

两人按照昨天的名单分头给目击者打电话了解情况，主要询问的就是他们当时目击到的情形以及在事故前后是否有人看到过一辆黑色奥迪。

然而，名单上的其他目击者都是在事故发生之后才到达现场的，所以并没有人看到太田所看到的情形；在事故发生的瞬间，他们也都不在现场，当然也没人看到过黑色奥迪。

“没辙了。”福泽皱着眉看了看时钟。他与世良的值班时间到中午结束。

“我会向上头报告的，但就目前的情况而言，要查出那辆黑色奥迪绝非易事，更何况我们手上其实并没有证据。”

“今晚我再去一下那家便利店。黑色奥迪的司机应该也去过那家店。”

看着对此案如此积极热忱的世良，福泽露出了惊讶到难以置信的表情。

眼前的这栋公寓名叫“绿色高度”，坐落在一处布局好似围棋棋盘的小区里。这是一栋两层楼的活动板房，外墙的楼梯扶手已经生锈，似在诉说房屋年代久远。

向井夫妇住在这栋公寓的201室。

世良站在门口按下了门铃。过了好一会儿，屋里才传出有些嘶哑的声音：“哪位？”世良大声回答说自己是××警署交通科的世良，因为他不确定隔壁那些住户里会不会有人正竖起耳朵八卦着这边的情况。

房门打开，屋里正是昨晚才见过的那张脸。彩子依旧双眼通红，脸色苍白。

“我们已经查明事故的原因，所以特地过来通知你。”世良依旧站在门口。

彩子瞪大了眼睛，然后把门打开得更大些，招呼世良进屋。

向井夫妇住的是两室户，两个人住倒也不算挤。进屋后，世良先看到厨房，餐桌上放着倒扣着的碗，还有装着烤鱼的盘子等，这应该是她为本该昨晚回家的丈夫准备的。彩子请世良走进一间四张半榻榻米大小的房间，里面只放着一只电视柜、一台电视机和一个小置物架。

“我猜你可能要准备丧事，会比较忙吧？”世良看着在一旁泡茶的彩子的侧脸说。

“丧事会在他老家办，遗体已经送过去了。我其实差不多也该出发过去了，但真的做什么都没心思。”

“我能理解。”世良说，“你丈夫老家在哪儿？”

“群马县，很冷的地方。”彩子说着，把茶放在世良面前。

世良双眼盯着茶杯里冒出徐徐上升的热气，继续问：“你是什么时候结婚的？”

“差不多五年前吧，”彩子回答，“我曾在‘快速客运’打工，虽然时间不长，但我们就是那时候认识的。”

“原来如此。”世良点点头，“打工？是一边读大学半工半读吗？”

彩子微微噘起嘴：“不是。我怎么可能去读大学？你应该很清楚我当时的情况吧。”

“是什么情况……”

虽然再次装傻，但其实世良心里很清楚——当年的彩子虽然不是所谓的不良少女，但也不是无条件乖乖听老师话的“好学生”。从某种意义上来说，她算是让老师比较头疼的那类学生。而且还发生过一件让她对学校彻底死心的事——没错，就是那起“寿司事件”。

世良当年就读的高中对打工管得很严，除非是暑假，其余时间一律禁止打工。但彩子总是在放学后偷偷跑去寿司店打工，骑车送外卖。因为她的家境不太好，打工是为了贴补家用。

有一次，在她骑车送外卖的途中，不巧被一个对她觊觎已久的男生撞见了。那个男生故意在她离开寿司店后堵住她的去路，逼她和自己交往，不然就去学校告发她偷偷打工。彩子全然不予理会，坚持要离开去送外卖。男生见状突然一脚踹翻彩子的自行车，彩子也跟着摔倒在地，脚上的伤直到两周后才恢复。车上那些还没送出去的寿司散落在地，最后还是彩子自掏腰包赔给了店家。

之后，这件事传到了学校那里。教导处的老师把彩子和那男生一起叫进办公室，说是要确认事实。当时那个男生坚持说自己是看到彩子违反禁止打工的校规后，好心地上前提醒，不料彩子却试图开溜，情急之下，他是不小心才推倒了彩子的自行车。听到这种颠倒是非的说辞，彩子当然不甘心地进行了反驳。但是当她哭着把整件事情讲完后，却见那男生把头扭向一边，不屑地冷笑。

没过多久，学校就作出了处理——那个男生完全没有受到任何“处理”，彩子却被勒令停课三天。其实，教导处那天叫他俩过去的目的，只是为了确认彩子是否违反了校规。

自那以后，彩子就几乎不去学校了。远远地看着彩子的身影，世良心有不平，只恨自己无能为力。

“高中毕业后，我去了一间职校，但毕业了也还是没能找到像样的工作，只能靠打工过活。说好听点儿，算是自由职业者吧。”

“后来就遇到你丈夫了？”

“是的，他很老实，甚至可以说有点儿傻……”说到这里，彩子低下头，哽咽得再也说不下去，两颗晶莹的泪珠落在她攥紧裙角的拳头上。

世良不知该说什么才好，只能默默地望着她。

过了一会儿，彩子抬起头来：“对不起啊，我不该说那么多的。其实应该我听你说，你刚才说已经查明事故原因了？”

其实世良心里还想听她说更多关于她的事，但此刻只能回答：“虽然现在还不能完全确定……”世良把黑色奥迪的事告诉了彩子，还推测说彩子的丈夫很可能就是为了避让那辆黑色奥迪才发生车祸的。

彩子盯着世良的眼睛——世良能感受到彩子目光中的真挚，且那份真挚越发热烈——“你们查到奥迪车主了吗？”

“还没有，我们正在找。但说实话，难度很大。”

“是吗。”彩子咬紧嘴唇，“只要查到车主是谁，就能让他为这起事故负责，对吗？”

“应该可以。”世良回答道，“据目击者说，当时那辆奥迪在起步的时候甚至没有打转向灯。如果情况属实，就可以告他‘妨碍交通’。”

“有相关的法律规定，对吗？”

“是的。”

彩子点了点头，然后说：“你们查到奥迪车主后，能立刻通知我吗？”

“当然可以。”世良回答。

“麻烦你了。”说完，彩子睁大了眼睛，怔怔地盯着空中某个点。

世良很肯定，高中时代的彩子从未有过这种表情。他的心不由得揪了起来。

## 4

这天晚上，世良再次来到事故现场。这次的目的不是调查受损的隔离带，而是再次去旁边的那家便利店。

今天收银机旁的店员还是昨天见过的那个，估计店里是以周为单位排的夜班。世良今天没穿制服，但店员记得他。

世良向店员询问了昨晚事故发生前店里顾客的情况。店员说当时店里确实有几名顾客，但不记得他们是否是这里的常客。

“麻烦你好好回想一下，当时店里的顾客都是些什么人？”

“您这有点儿强人所难了吧……话说我们店里的顾客和那起事故能有什么关系啊？”

与昨晚相比，店员的回答明显有些遮遮掩掩。世良猜测是老板提醒过店员让他不要乱说话，以免给顾客增添不必要的麻烦。其实店方很清楚，当时有些顾客为了少走点儿路，就把车随便停在距离事发地不远的路边。

“那些顾客里，有没有谁是开黑色奥迪的？”

“我不清楚。”店员嘴上回答着世良，脸上则堆着笑容在为一位顾客买单，同时用手指敲打着收银机，然后把收银条递给顾客。

看到这一幕，世良的脑海里突然灵光一现：“昨晚事故发生时，店里都卖了哪些东西？收银机里应该都有记录吧？能给我看看吗？”

“啊？”店员瞪圆了眼睛。

“不行吗？要不我先联系一下警署，让他们发个正式的调查函过来？”

听到世良的语气如此强硬，店员马上说：“您稍等一下。”然后转身走进里屋，说是要请示一下领导。

世良走到摆放杂志的架子旁，望向昨晚被卡车撞坏的隔离带。

咦？世良看到有人在路边随便停车，是一辆红色的丰田斯普林特·特鲁诺（Sprinter Trueno）。车上下来一名学生模样的男生，正跨过隔离带朝便利店走来。其实前方二十米处就有人行道，但他似乎并不打算多走几步路。

男生走进便利店，店员也刚好从里屋出来，见到男生后，立马愣了一下。

男生先开口说："嘿，昨天那起事故后来怎么样了？"

男生自称小林，不停地向世良解释说他只有昨天和今天两天在路边随便停了车。

"今后可别再犯了。对了——"

世良在小林车旁问起昨晚是否有一辆奥迪停在他的车前或车后，小林一手握拳朝另一只手的掌心捶了一下，说："有！当时我就停在奥迪前面。"

"原来如此。但是你看到事故发生后，立刻结了账，赶紧开车逃了，对吧？"

"我不是逃，我只是怕惹麻烦……"小林支支吾吾地说道。

"算了。你离开便利店时，那辆黑色奥迪已经开走了吗？"

"对，已经不见了。"

"你是否记得，在你离开便利店之前，也就是事故发生之前，有谁离开过便利店吗？"

"呃……这个……"小林不停地撩着他长长的刘海。

“好像有个大妈。”

“大妈？长什么样？”

“忘了，我对大妈没兴趣。”

世良掏出一张纸，是一份昨天事故发生前后的时间段内的收银记录，那是刚才店员给他的，上面有顾客购物的商品、时间和金额等明细。

“你昨天在那家便利店里买了什么？”

小林仔细地看了一会儿收银记录，然后很确信地指着其中一条说：“是这个，五件商品，115 日元。全是泡面。”

第二天，世良把大致情况报告给福泽，但福泽依然觉得希望渺茫。

“这条线索确实很重要，但光凭这一条，还是很难查到黑色奥迪。如果便利店的店员能记得对方的长相就好了。”

“再找找别的目击证人，应该会有新发现。”

“就算继续追查，也未必能找到看清奥迪司机长相的目击者。”福泽抱着双臂说。

正如他所说，一般情况下，在交通事故的案件中，很少有目击证人事后再出现的情况。

“至少当时得有人看清了那辆奥迪车的车牌。如果连车牌都没人看清，那么就算我们找到那辆黑色奥迪，对方也完全可以赖账，一口咬定自己从没去过现场。”

“话虽如此……”世良还想继续反驳。

福泽却把手搭在世良的肩上说：“因为这次死者的妻子是你的老同学，所以你才这么上心吧？我明白。但现在我们的首要任务是把事情经过整理成书面报告。当然，事故的原因还有待进一步调查，目击者的证词可以继续跟进，对那些去过便利店的顾客也可以接着查。不过你应该明白，我们要处理的事故可不止这一起。别忘了，也许下一秒，另一起事故就会发生。”

世良知道福泽是在安慰自己，虽然心里很不情愿，但他也明白，如果自己继续坚持，只会让福泽为难。所以世良虽然觉得很不甘心，却还是选择了点头。

事故发生三天后，彩子打电话给正在警署值班的世良，向他询问调查的进展情况。电话里，他们相约等世良下班后，在路边的咖啡馆见面。

进展？世良不由得思考自己的工作到底意义何在。都已经出了人命，却连事故原因都不去追查，这还算什么交警？但他也不能责怪福泽，毕竟那之后确实又出了好几起事故，他要写的报告就像阅卷老师要批的卷子那么多。

尽管世良已经比约定的时间提前来到咖啡馆，却见彩子已经比他更早地等在店里了。见她如此充满期待，世良觉得心里很不是滋味。

“我本来想去参加葬礼的。”世良坐下点了杯咖啡后说道。

“没事的，我猜你也很忙。葬礼只不过是个形式罢了。其实那些来上香的人，大多我都不认识。”彩子有些厌烦地说道。

听她能说出这些，世良觉得她应该已经从沉重的打击中缓过些劲儿来了。

“说起来你们查到奥迪的情况了吗？”

看着彩子充满期待的目光，世良不由得低下头小声说：“老实说，还没有。”

彩子立刻一脸失望。

世良从上衣口袋里掏出便利店的那份收银记录，向彩子讲述了店员与开红色斯普林特的男生告诉过他的事。

“这么说来，也并非完全没有线索。”彩子神情严肃地盯着那份收银记录，一副想从中挖掘出肇事者肖像的架势。

“你说，”彩子看着世良的脸问道，“要是找到那辆奥迪，但车主要赖不承认，那该怎么办？”

“那可于事无补。我们会把相关文件呈交到检察院的。”世良的语气非常肯定，“其实这种事常有——明明撞了却说没撞。那些驾车逃逸的，一开始就没打算承认过错。我们不会让他们逍遥法外的。我们有目击证人，还有口供笔录，一定会追究肇事者的责任。”

听完世良说的这番话，彩子点点头，看起来稍稍安心了些，原本紧绷的嘴唇也开始慢慢放松。

“不过，就目前的情况而言，能否找到那辆奥迪还很难说。”世良摸着头说。

彩子低下头，拿起收银记录说：“这份记录能借我几天吗？”

“可以是可以，但你要它干吗？”

“呃……”彩子说着把记录塞进包里，然后喝了一口咖啡，目光投向远处，喃喃自语似的说：“他是我最重要的人，我绝不允许那个杀了他的人逍遥法外。”

## 5

一周后，世良终于明白了彩子拿走那份收银记录的目的。世良连续三天给她家打过电话，却都无人接听。世良非常担心，猜想她可能会去事故现场，结果发现她果然就在那家便利店里。

只见她一直站在摆放杂志的货架旁，随手翻着主妇们爱看的杂志，目光却从未在页面上停留，而是一直注视着玻璃窗外的马路。

世良进店后走向彩子。彩子也注意到了世良，朝他挥了挥手。

“你太让我吃惊了。你一直都在这里盯着?”世良在彩子身边轻声问道。

幸好今天当班的不是那天夜里的店员，也不认识世良。

“开奥迪的人肯定会再来。”彩子说，“我一定要等到她。”

“你的心情我很理解，但对方不一定会来啊。也许他其实住得很远，那天晚上只是碰巧路过这里。”世良站在彩子身旁，也假装翻阅杂志的模样。

彩子却摇摇头说：“我看过那份收银记录，非常确信那个人一定会再来。”

“收银记录？此话怎讲?”

“那个人当时买过袋装的食用冰块。如果住得很远，冰块就会在回去的路上化掉。对方开的是奥迪，我猜她丈夫可能是某公司部门经理级别的人物。也许是当天家里临时来了客人，却发现要用来兑酒招待客人的冰块不够了，所以急匆匆地跑来便利店购买。”

听着彩子的一番推理，世良不由得心生佩服——女性的视角果然是另辟蹊径。之前世良自己也研究过那份收银记录，却从未想到过这一点。

“还有一点，”彩子继续分析说，“我猜那个女人经常购买《烹饪罗宾》，所以下周五非常关键……”

《烹饪罗宾》是什么？”

“就是这个。”彩子说着，从货架上抽出一本封面印着外国女性笑脸的杂志，里面介绍的是世界各国家常菜的烹饪方法。

“这本杂志总在隔周的周五发售。我看收银记录中有一条是540日元的杂志。这本杂志就是540日元，而且对方的年龄层又是‘大妈’，所以应该就是这本。”

如此精彩的推理让世良再次佩服不已。世良也觉得购买这类杂志的人一般都会每期必买。

“你的推理很有道理。这么说来，真的有可能等到她。”

“嗯。”彩子点点头，“我相信一定可以。”

“你今天几点来的？打算等到几点？”

“呃……”彩子看了看手表，“我九点左右来的。”

世良惊讶不已，没想到她居然已经在这里站了将近两个小时。

“那你打算等到几点？”

“十二点左右吧。”

世良顿时无语。他无奈地摇了摇头，难怪觉得店员看他们的眼神有些异样。

“你的心情我很理解，但也别待得太晚，这儿附近晚上不太安全。”

“没事的，我不会让坏人有机可乘。”

“会防不胜防的。对了，你是怎么过来的？”世良记得彩子没买车。

“打车来的，回去的时候我也会叫车。”

世良再度无奈地摇头，然后又重重地点点头：“不如这样，我陪你一起等。要不去我车里等？免得这里的店员起疑。”

“那怎么好意思？”这次轮到彩子摇头。

“有什么不好意思的？这也是我的工作。如果你觉得只有我们俩在车里会不方便，那我把车借给你吧。你会开车吧？”世良从衣服口袋里掏出车钥匙。

彩子的目光在世良的脸和车钥匙之间来回看了又看，开口问：“该把车停哪里？”

“当然是停在路边啊，万一发现了那辆奥迪，就可以马上追上去。”世良说着，朝彩子挤了挤眼。

从第二天起，两人就一起监视了。世良下班离开警署，吃完饭开车去接彩子。彩子坐在副驾驶座上，世良把车停在距离那天奥迪停车位置十几米远的地方，密切关注路上的情况。

“怎么了？你小子最近好像心情很不错嘛。”这阵子在警署里，福泽和其他同事常拿他打趣。在旁人看来，最近的世良经常整天都乐呵呵的。世良自己也不是很确定自己是否真的像他们说的那样。

每次一起监视的时候，他和彩子都会聊起高中时候的事。世良觉得，那个曾在高中时代对彩子倾心不已的自己又复活了。而当年那个只能远观的她，如今就坐在自己伸手可及的地方。

“如果当年没发生那件事……”彩子两眼注视着前方，“也许我的人生会彻底不同；也许我会好好学习，会去上大学。当然，结果会不会比现在好，我自己也不知道。但说真的，至少对当时的我而言，是在最重要的时期被夺走了最重要的东西。”

世良默默地听她说着“那件事”、那次“寿司事件”、那桩令她彻底改变人生的往事。

“规则不都是人定的吗？”彩子说，“但那到底算什么？为什么打工帮家里贴补家用的人要被勒令停课三天，而胡搅蛮缠无事生非的人却一点事都没有？”

“规则就像一把双刃剑。原本应该保护自己的东西，但某天突然就会伤害自己。关键在于是什么人用这把剑。如果用剑的是个无能的蠢货，那就只能用剑瞎比划。”

“那些老师真的都很无能。”彩子像是在宣泄心中那份恒久难灭的怒火一样，愤恨地说："就跟个录音机似的，只知道一个劲儿地对我说，'校规就是这么定的'。而当我说我受了伤的时候，他们却什么都不说，只是对着我冷笑。"

"我完全可以想象当时的情形。"

"世良……你是手里握着法律之'剑'的人，你可千万别像那些无能的人一样啊。"

"我会努力的。"说完，世良朝彩子笑了笑。

就这样，他们每天都一边闲聊一边关注路上的情况。

第十二天，那辆让他们翘首以盼的黑色奥迪终于出现了。

## 6

几乎就在黑色奥迪停下、女人打开左边车门下车的同时，世良也下了车，彩子紧随其后。两人跟在开奥迪的女人后面一起穿过马路，走进便利店。

这个女人留着微卷的中长发，体型偏胖，身上穿着的茶色开衫一看就不便宜。这个女人的模样与之前彩子推理的、"丈夫可能是某公司部门经理级别的人物"非常接近。因为如果她的丈夫是更高级别的，比如公司高层，估计她也不会跑来这种便利店买东西。

女人一开始似乎在找什么东西，但最后好像没找到。世良与彩子交换了一个眼色，继续观察女人的一举一动。见女人走到杂志货架旁后，两人也跟着走了过去。

只见女人用目光扫视了一圈杂志货架上的女性杂志，几乎毫不犹豫地抽出一本——正是彩子之前推测过的《烹饪罗宾》，然后拿着杂志朝收银台走去。

世良和彩子先一步走到店外。

“一定是她！”彩子激动地说，声音都有些变了调，“那女人一定平时就来这里买杂志，那天也一定是她。”

过了一会儿，女人走出便利店回到自己的车旁，打开左边车门上了车。世良见她发车时没打转向灯，便更加确定那天晚上的人就是她。

第二天，世良因公外出，回来的路上顺道去了 C 町。这里林立着一栋栋高级的独栋住宅。世良在一户名为石井的人家门口停下脚步，见那辆黑色奥迪正停在这家的车库里。世良推测这家的男主人平时是坐电车上下班的。

世良按下门铃，不一会儿屋里有人应话，是个女人的声音，而且从声音来判断，就是昨晚的那个女人。

“我是 ×× 警署交通科的——”世良话音刚落，屋里就不再有声音传出。过了好一阵子，玄关处的大门突然打开。

“从这里向北大约五百米处是白石街道，两周前发生过一起卡车侧翻事故。您知道这事儿吗？”世良站在玄关处问。

女人明显露出不悦的表情，低声回答：“知道。”

“那天晚上，有好几个人都目击到当时路旁停了一辆黑色奥迪。我们已经找便利店的人确认过，就是您府上的车。我说得没错吧？”世良的这番话虽然有些添油加醋，但并非谎言。估计这女人现在一定很痛恨那家的店员太多嘴，以后都不会再去那家便利店了。

“没错，但我没做错什么。”女人狡辩道。她似乎并不认为路边随便停车是不对的。

“我想说的问题是在那之后——”世良告诉女人，有人看到她的黑色奥迪突然向右驶出，导致卡车司机为了避让而紧急刹车，结果轮胎打滑，最后发生侧翻。

不出世良所料，女人听到这里立刻变了脸色：“谁说的？！我没做过那种事！”女人的唾沫星子甚至溅到了世良的下巴上，他赶紧后退一步。

“事故发生后，您立刻发车离开了现场，是吗？”

“那只是巧合。”

“卡车司机在踩急刹车前是按过喇叭的。也就是说，当时有什么东西挡在卡车面前，阻挡了卡车的前行。现在看来，阻碍卡车前行的只可能是石井夫人您的车了。”

“我可没干过妨碍交通的事。”胖女人把脸扭到一旁。

世良对这种态度早已见怪不怪。很多司机都会以为无论别人怎么说，发生交通事故后，只要自己一口咬定没有过错，警察就会拿自己没办法。

“石井夫人，这可是人命关天的大事。”

女人双手抱在胸前，一副“那又怎样”的架势。

“您能不能说句实话？”

女人依然充耳不闻。她觉得只要自己不开口，世良就拿她没办法。

“好吧。”世良说，“既然您这么不配合，那么我们只能走程序了。我们会把整个经过写成报告交上去。请您带上驾照，去一趟警署。”

女人这才把视线转回世良身上。抹着大红色口红的嘴唇歪到一边，要多丑就有多丑。女人说：“写了报告之后呢？”

“送检察院呀。目击者很肯定地说是您妨碍了交通，但您自己又说没做过。这样一来，可以打官司了。”

听到这里，女人的脸上终于露出些许畏惧的神情。如果闹上法庭，没人会知道结果会如何。这一点让她感到了不安。

“麻烦您今天就去一趟警署。到了接待处，就说找交通科的福泽主任负责的大队就行。”

“等一下。”女人的表情就像吃到恶心东西似的，嘴角依旧歪着，“我知道了，我把那件事告诉你还不行吗？”

“哪件事？”

“当时卡车之所以会踩急刹车，是因为我正巧从卡车前面经过。要怪只能怪那里没有人行道呀！”

“慢着！您说您当时是从卡车前面经过？您的意思是步行横穿马路？”

“是啊，但当时那辆卡车已经超速了。”

“不对啊。如果真是像您说的那样，那就奇怪了。”世良努力在脑海中重现当时的情形，“卡车在踩过刹车后是向右打方向的，这表明当时是卡车左侧出现了障碍物，所以才会为了避让，朝右打方向。”

“对啊，”女人皱起眉头，“当时他按完喇叭，其实我已经走到自己的车边上了，但突然发现脚上的凉鞋掉在半路上，于是我又回头去捡，我以为来得及……”

“所以您又冲回路中央？卡车司机是为了不撞到回去捡鞋的您才向右打了方向？但据目击者说，他在事故发生后看到奥迪的车头是向右凸出的……”

“这个嘛，是我平时的停车习惯。您也可以去试一下方向盘在左边[①]的车子，停的时候要想车头不对外真的很难的。”

所以当时的情况是——奥迪停车的时候就已经车头朝外向右凸出，而此后，彩子的丈夫为了避让这个在马路上来回横穿的中年妇女而丢了自己的性命……

“总之，”世良咽了口唾沫，“我们会把这些都写进报告。麻烦您去一趟警署。”

“好吧。”女人没好气地说，“不过交警先生，我可没犯罪哦。当时我是个步行者，所以要怪也只能怪卡车司机行驶时没有注意观察前方，是由他负全责哦。”女人说完，面部扭曲，露出狡黠的笑容。

世良不由得感到一阵恶心，觉得那副笑容丑恶至极。

## 7

彩子的脸就像戴上了能乐的面具。世良把事情经过告诉她之后，她的脸立刻苍白如纸、毫无表情。

世良垂头丧气地呆立在彩子面前。他很想把话说得婉转些，

① 日本车辆靠左行驶，大部分方向盘都在右边，但诸如奥迪等进口车的方向盘则在左边。

但实在找不出能让人听起来好受些的措辞。

“所以——”

听到彩子的声音，世良抬起头来，却见彩子的目光直直地盯着空中的某个点，面无表情，只有嘴唇在动。

“所以，结果就是那个女人不需要为事故负任何责任，是吧？”

“我们会交报告上去的，但……”但检方不会起诉她——这后半句话被世良咽了回去。

“哼。”彩子哼了一声，就像被风吹得摇着头，“我丈夫是因为那个女人才死的，但结果是那个女人完全没错？她当时不但乱穿马路，还突然跑到卡车跟前。可按照法律来说，责任却不在她？”

世良不知道该怎么回答，但这就是法律。比如有人违章骑自行车带人，没有在路口停车看路，结果被机动车撞了，最后得由机动车负全责。更离谱的是，机动车司机还得支付骑车人与其所带的人的医药费。虽然听起来匪夷所思，但这就是现行的道路交通法。

“对不起。”世良说，“是我无能。我是个无能的蠢货。”

彩子看着世良的脸，她自己的脸上依旧如同戴着能乐面具般没有丝毫表情地说：“确实如此。”

一周后。

这天轮到世良值夜班，接到报警说，白石街道附近又一次发生交通事故，但这次出事的不是在路上，而是在稍远些的C町附近。

C町？

世良不禁回想起之前那件令人不悦的事，不由得皱起眉头。不知道自己还需要多久才能忘记那件事。

在赶往现场的途中，福泽像往常那样先用无线电确认现场的情况——一辆黑色奥迪从自家车库开出几十米远后，撞上了从车前经过的一名年轻女子。

"黑色奥迪？"手握方向盘的世良忍不住叫出了声。

一到现场，只见医护人员正抬着担架运送伤者。世良不顾福泽的劝阻，激动地冲到担架旁。

是彩子！果然是她！

世良刚才已经预料到了。

"你现在感觉怎么样？你睁眼看看，是我呀！"

彩子的额头右侧被划出一条口子，全是红黑色的血。听到世良的呼唤，彩子望着世良，嘴唇微微地动了几下。

医护人员把彩子抬上救护车，鸣笛匆匆离去。世良愣在原地，呆望许久。刚才彩子嘴唇微动的模样已经深深地烙在世良的脑海中。尽管没能听见她的声音，但他很清楚她当时说了什么——拜、托、你、了——她在求他。

“世良！”福泽的声音让世良终于回过神来。他们得去找黑色奥迪的司机询问事情的经过。

那个中年胖女人还认得世良，不停地套近乎，以为认识他就可以给她行方便。她今天的态度与上次相比简直是天壤之别。

“当时是她完全不看路，一下子冲到我的车前的！那种情况下我怎么可能避让得了嘛！那女的不会是想自杀吧？警察先生啊，这个责任可不在我呀。”胖女人一口气说了一大串。

世良完全没理他。

福泽例行公事地问了几个问题后，让她上了警车。

“你们要相信我啊，真的是她自己撞上来的！”坐在开往警署的警车上，女人依旧滔滔不绝。福泽告诉她，这事儿他们还要去询问被撞的女士。

“那倒也是。不过那女人会说真话吗？万一她撒谎……”女人满脸不安。

世良又想起了彩子。

只是稍有偏差，法律就可能从敌变友，或从友变敌。彩子豁出自己的性命，越过了那条隔离带。

警车开到白石街道，朝警署方向开去。前两天被卡车撞坏了的那条隔离带早已修复如初。

# 危险的新叶

# 1

男人大幅地转着方向盘，行至大桥前向左拐去。周围一下子变得昏暗起来。他刚刚开始转弯时曾稍作减速，但一出弯又马上踩了脚油门。

已经开到这里，之后就快了。

男人看看表，觉得很满意。看来今晚到家的时间会比预计的早，还能赶上自己想看的电视节目。

本地司机都知道，横贯 D 市的高速公路旁的便道是一条通往主干道的捷径。不但距离较短，而且路上一个红绿灯都没有。急着赶路的时候，选这条路就对了。

但这条路也有缺点——路灯太少，路幅较窄。除此以外，路面也不太平整。因为是单行道，所以不会出现对面会车的情况，但如果遇到路上有行人，就得加倍小心。今天刚下过雨，一路上到处都是水坑。

男人一边留意前方，一边加快车速。道路右侧是挨着高速公路的隔离墙，左侧则是种满了卷心菜的农田。整条道路不算太弯也不算太直。

就这样开了一阵子——

男人啧了一声："真倒霉。"

因为他看到前方出现了一辆车的尾灯。他本来打算一路快车开到底，没想到现在被前面的慢车挡了道。

男人保持现有车速，迅速接近前车，眼看着快撞上的时候才踩了刹车。前车的行驶速度比他想象的还要慢。明知道身后有车追赶，却依旧开得不紧不慢，完全没有要加速的迹象。

"磨磨蹭蹭搞什么嘛？不想开快车，干吗选这条路？"男人抱怨着。但在看清前车车尾后，他大致明白了状况——前车贴有新叶标志，表示驾车者是一名新手司机。

"难怪！"男人嘟囔道。同时，一种想要搞点恶作剧的念头涌上了他的心头。

男人一脚踩下油门，车子猛然加速，眼看前车的车尾近在咫尺——男人现在只能看到自己车子的引擎盖，看不到前车的车牌了。

前车司机似乎被吓到，立刻加快了车速，两车之间的距离这才得以稍稍拉开。男人见状，又踩下油门，仪表盘上的指针不断飙升，两车之间的距离再次缩小。

就这样，两车一直保持近乎首尾相连的车距，不断加速前进。这条路上有不少弯道，所以操控方向盘的难度其实不小。男人很想瞧瞧坐在前面那辆贴着新叶标志的车上的司机现在有多狼狈。

每次一遇到弯道，前车就会亮起刹车灯，男人也不得不跟着踩刹车。

男人觉得前车司机开得实在太烂。

在进入又一个弯道前，男人与前车稍稍拉开一些距离，然后打开远光灯，照到前车的驾驶座。前车上似乎只有司机一人。

男人一边继续用车灯挑衅前车，一边再次缩短两车之间的距离。此时，双方的车速都已经相当快。男人也不再急着回家，他现在只想逗一逗前车那个不熟悉驾驶的“新叶”。

前车司机似乎被后面的追车搞得不堪其扰，虽是新手，也干脆豁出去，重重地踩了油门。速度再次加快。男人也又一次来了劲儿——想甩开我？没门儿！——男人重重地踩下油门。

就在这时——

前车遇到一处较急的弯道，不得不边踩刹车边打方向盘。但因为路面湿滑，这种做法必然地导致了车身打滑——紧接着响起一声惨叫。

完了——就在男人脑海里闪过这个念头的瞬间，前车因为没能进入弯道，车轮在路面发出刺耳的摩擦声，整辆车“咚”的一声撞上了护栏。

但事情还没完。

因为两车之间的车距过近，男人来不及反应。尽管他已经踩了刹车，却依然没能及时停车。结果男人车子的左前方撞上了前车的车尾。就在那一瞬间，因为惯性，男人从座位上浮了起来，一头撞到了前挡风玻璃上。

好不容易把车停稳，男人揉着脑袋慌慌张张地冲下车，跑到撞上护栏的前车旁边。

司机是个女人，双手正紧紧地抓着方向盘，面部深埋在双臂之间。

男人惴惴不安地走到驾驶座旁，轻轻敲了敲车玻璃，女人一动不动。不会是死了吧——男人心想——要是她死了，自己该怎么办啊？警察看到这种情况会怎么判断啊？

就在这时，女人突然动了一下，抬起身子扭头朝男人看去。

这个女人看起来三十多岁，脸上似乎没受外伤。

看样子还活着——男人这才放下心来。

驾驶座上的女人看着男人的脸，嘴唇微动，似乎在说什么。很明显，她的眼神是在求助。男人被她看得心里发毛。

“没事的，马上就会有人来的。”这句话与其说是对那女人说的，倒不如说是男人在为自己的离开找借口，他怕若继续逗留此地，肯定会惹上麻烦。

所幸男人的车没什么大问题，于是他赶紧上了自己的车，迅速驾车逃离了现场。

## 2

报警的是一名刚巧路过的中年司机。

“这地方光线暗，弯道多，不到近处根本看不清。一开始我还以为有人故意停在那里堵路，心里还来气呢。仔细一看，才发现是撞车了，吓了一大跳。”

“除此之外，您当时还注意到别的什么情况了吗？比如有没有看到从这里开走的车辆？”交通科事故处理组的三上问道。

中年男子摇摇头说：“没有。估计我是出事后第一个路过的，不然早就有别人叫你们来了。”

“正常情况下是这样的。但未必人人都像您这样，遇到事故懂得采取最妥当的处理方式。”

听到三上的恭维话，中年男子摸了摸自己的秃头：“难道真有人会见到事故不报警，自顾扬长而去？”

听完报警者叙述之后，三上来到事故车辆的旁边。这是一款车型比较常见的白色轿车，很多人都把这款车作为家庭用车或主妇用车，排量为1200cc①。车身左前部至侧身都已被撞坏。

今早开始一直在下雨，路面因此相当湿滑。三上判断车子是因为当时没能完成转弯所以撞上护栏。

“而且车上还贴着这个。”三上说着，用手点了点贴在车尾的新手标志。最近越是新手司机越喜欢开快车。

“三上，你过来一下。”主任筱田巡查部长叫了一声。筱田虽然个子不高，身板却很厚实，看起来是个粗线条的上司。

“你看这里。”筱田指了指车身的右车尾。

“被撞凹了嘛。”三上蹲在轮胎旁说。这里的确有被碰撞过的痕迹。

“你觉得这里为什么会凹？”筱田问。

“是不是以前撞到过哪里？也可能是以前被其他车撞过吧。”

“不对，”筱田摇摇头，“肯定不是以前，而是新撞的。你仔

---

① 即1200毫升，汽车液压、传动术语，指每循环吸入或排出的流体体积。

细看，上面还沾着漆呢。”

听筱田这么一说，三上赶紧打开手电筒，仔细检查了一番后发现，车尾的凹陷处确实沾着黑乎乎的漆屑。

“所以，还发生过追尾？”

“估计是的。但现在还没办法判断追尾与撞护栏是否有直接关联。也可能是其他车辆想从撞了护栏的车辆旁边开过去时不小心蹭到的。”

“总之，先听听当事人怎么说吧。”

“没错，联系过她家里人了吗？”

“联系过了，对方说会马上去医院。”

“那我们也过去吧。”筱田说着站起身。

撞上护栏的司机名叫福原映子，今年三十三岁。三上按照驾照上的地址打电话去映子家，和他预想的不同，映子还是单身，接电话的是与她同住的妹妹。一听说姐姐出了车祸，对方立刻紧张得不知所措。

一到医院，三上与筱田先在接待处问询伤者的情况。据说伤者现在正在接受治疗，家属则在等候室里。

三上与筱田刚走进等候室，一个披着长发、有着一张典型日本人面孔的女人站起身来向他们打招呼。

女人名叫福原真智子，就是刚才接听三上电话的人，虽然此刻看起来情绪已经平静，但脸色依旧不是很好。

“真的不敢相信。”重新坐回等候室的长椅上之后，真智子开口说，“我姐确实不久前刚考到驾照，但正因为如此，她开车的时候特别小心，绝对不会乱来，对各种交通标志等一直都严格遵守，甚至到了不懂得变通的程度。”

“遵守交规可不叫不懂变通哦。”筱田打断道。

听筱田这么一说，真智子的表情稍稍有些舒展。

“我完全不相信是我姐姐造成了事故。特别是在下雨天，她肯定会尽量放慢车速。”

“但以我们掌握的情况来看，当时她的车速非常快。正因为如此，她才没能转入弯道，车轮发生了打滑。”

听三上说完，真智子一脸难以接受的表情，摇着头叹了口气说：“我姐姐绝对不是那种人。一定另有原因。”

“还得听她自己怎么说。”三上说。

真智子点点头，告诉三上——福原映子就职于一家康复中心，担任康复指导员。康复中心位于市北自然公园旁，附近有网球场和美术馆等。映子是在两个月前考到驾照的，之前因为工作太忙，一直没时间去学车。后来因为工作量猛增，每天都要很晚回家，而且还得先乘巴士再转地铁，实在太辛苦，所以干脆下决心自己开车上下班。

真智子还特别强调——虽然她姐一个月前才买了车，但因为每天开车上下班，所以与那些拿了驾照好几年却不怎么开车的本本族相比，她姐姐的驾车技术要好很多。

就在三人交谈时，映子在护士的陪同下从治疗室里走了出来，头上和脖子上都缠着纱布，神情呆滞。

“姐，你没事吧？”真智子跑到映子身旁。映子张了张嘴，却一句话都说不出来。

这时，医生也跟着走出治疗室。医生看起来四十岁左右，一副知识分子的模样。看到三上和筱田后，朝他们使了个眼色。

“情况如何？”筱田问。

医生的表情有些复杂：“伤势倒没什么大碍，骨头也没什么异常，就是……”

“怎么了？”

“她说她觉得脑袋又重又疼，而且似乎思维也不是很清楚。我们已经给她拍了片子，但……”

“我们想问问她当时事故的情况，会有问题吗？”

“时间不长的话，应该没什么问题。不过你们问话的时候请注意听从护士的指示，毕竟现在她回想事情还很辛苦。”

“明白了。”筱田回答。

映子被送进病房，因为医生建议住院观察两三天。令人担心的是，直到坐上病床，映子始终一言不发。

“福原小姐，可以打扰您一小会儿吗？我们想向您了解一下事故的相关情况。”筱田看着映子的脸说。但映子的脸上没有任何表情，眼神失焦，就像根本没看到眼前的警察似的。

“福原小姐？”筱田试着又叫了她一下。映子依然没有任何反应。

真智子赶紧叫映子：“姐，你振作点儿！”这一次，映子终于有了反应。她扭头看着真智子，眼神迷离，像在做梦一样地说：“我怎么会在这里？”

## 3

“她应该是局部失忆。”

第二天一早，筱田在现场进行补充调查时说。筱田口中的“她”当然就是福原映子。昨天她始终都没能回想起事故发生时的情形。不只是事故，就连最近一周发生过的事，她都完全想不起来了。

“医生说这是精神方面的问题。”

医生还说过些时间应该能慢慢恢复记忆。但他说这话的时候明显没什么底气，估计他也是第一次遇到这种情况。

“有异常！”正在调查制动压印的筱田突然神情严肃起来，“除了福原映子的制动压印，你看，路面上明显还有另一组拖印。不仅位置与福原的截然不同，就连轮胎之间的间距也不一样。”

“难道是那辆追尾车的？”

“应该是的。估计当时那辆车也在这附近打了滑，所以撞上了已经出事故的福原的车。虽然算不上是直接的加害者，但不应该就那样撒手不管、一走了之。你过会儿去找福原，如果她还是没法开口，我们就得尽快靠那些漆屑把那辆追尾的车查出来。”筱田的脸上愁云密布，他其实不希望事情变得如此复杂。

调查结束后，三上独自再次前往医院，希望尽快从映子口中找到线索。

真智子正在病房里照看姐姐。昨晚她回了趟家，今早把姐姐的换洗衣物带了过来。真智子自己在另一家医院做护士，所以照顾姐姐的时候显得驾轻就熟。与昨天相比，映子的气色已经有所好转。见真智子利索地忙进忙出，三上觉得姐妹俩一起过日子还蛮好的，若是换作兄弟俩，一定不可能如此。

“今天感觉好些了吗？”三上问躺在病床上的映子。

映子没有回答，只是闪烁着不安的黑眼珠。

真智子满脸遗憾地替姐姐回答说：“她刚才说感觉身体已经

好多了，但就是回想不起来。”

“是吗？但如果不能听你姐姐亲口讲述事故的经过，我们就没法顺利地展开调查。”

“一个目击者都没有吗？”真智子问。

三上皱起眉头说：“除了当地人之外，很少有人会开去那条路。而且那条路的边上不是高速公路就是农田民家，而且离得都很远，所以即使撞车时发出过巨响，也很难有人注意到。”

听完三上的解释，真智子默默地点了点头。

“但也存在另一种可能。”三上想起了什么，又说，“你姐姐的车尾有被其他车辆追尾过的痕迹。”

“追尾？”

“但这并非造成你姐姐撞上护栏的事故原因。我们判断是你姐姐先撞上了护栏，然后才被追尾。总之，接下去我们可能会去查那辆追尾的车。”

“会调查多久？”

“这就不好说了。如果对方主动投案就好了，不然就会比较麻烦。不过幸好，那辆车上的油漆已经被蹭下来了一些，我们可以据此查到追尾车辆的车型和上市年份。”

“车型和年份？”真智子两眼望向窗外，喃喃自语道。

离开病房后，三上去找福原的主治医师。

“她的脑电波检查结果显示无异常，X光的结果也是好的。估计还是心理因素吧。”医生向三上介绍了福原的检查结果。

“会不会是因为某种心理压力导致她不愿意回忆当时的情景？”三上说出自己的猜测。

“有可能。也许是因为事故瞬间的恐怖程度太厉害了吧。”医生这句话依旧听起来没什么底气，不是很靠谱。

三上回到警署后向筱田作了汇报。筱田无奈地点点头说：“行吧，先这样吧。”

没法完成报告是一件让人头疼的事，但现在这其实算不上什么大问题。从现场情况来看，显而易见，这是一起单车事故，而且没有出现死者。虽然映子现在的情况比较特殊，但说句不厚道的话，这不至于对她今后的生活造成什么不好的影响。换言之，应该不需要太多复杂的手续，这起事故就能结案。

唯一的问题是那辆追尾车。筱田估计大家不会对此积极地展开调查，因为就算找到那辆车和司机本人，警方也很难对其追责。只要那个司机一口咬定是自己看到前方事故车辆时慌张地踩了刹车，结果没能刹住才撞上去的，那么警方就拿他一点办法都没有。

“等候一段记忆吧。”筱田说。

听筱田说出如此文艺范儿的台词，三上忍不住笑了起来。

## 4

男人买了三份不同的报纸，全都从头到尾看一遍——并没看到有关发现死者的交通事故报道。

得救了——男人合上报纸，舒了一口气。

虽然不是他撞人逃逸，但毕竟和事故有关。万一对方死了，他肯定会睡不安稳。

而且确实撞到了——男人回忆起当时追尾的情形。现场很可能已经留下了什么痕迹，所以如果对方死了，警方一定会找到他。

总之，这次还算走运——男人又一次喃喃自语。

男人把三份报纸又翻了一遍。这是他有生以来第一次那么仔细地看报纸，但其实他看的只是每份报纸的社会版。

今天，三份报纸的社会版上都刊登了关于几天前失踪的四岁女孩被人发现尸体的消息。据说女孩死于一周至十天前，胸口被利刃刺中，尸体被发现于某河岸。

男人看到这里吓了一跳，因为他自己常去那附近。

那地方居然发生过那么可怕的事件！这世道真是太可怕了！作为与该起事件毫无关联的报纸读者，男人心中如此感慨。

## 5

事故发生至今，已经过去了四天。

福原真智子联系三上，请他尽快去一趟她们家。映子昨天已经出院回家。三上与筱田一起开车前往。

福原姐妹住在一栋米色砖墙的公寓的四楼。三上与筱田进屋后，真智子将他们请进客厅。到底是女孩子的房间，每个角落都打扫得干干净净。

映子坐在客厅的沙发上，睡衣外面披着袍子，气色比在医院的时候已经好了很多，眼神也不像前两天那么呆滞失焦。见到三上和筱田后，映子向他们打了招呼。

“有没有想起些什么？”三上看看姐姐，又看看妹妹。

真智子点点头说：“虽然没有完全想起来，但似乎有些记忆的片段。”

“是关于事故的吗？”

“是的，不过……”真智子欲言又止，回头看了看姐姐。

“能告诉我们吗？只说您记得的就行。”筱田催促道。

映子看了两名警察一眼，然后低下头，接着又像是下定决心似的再次抬起头。

“那天晚上……我差点被人杀了。”

也许是因为工作时需要大声说话的关系，与妹妹相比，映子的声音比较粗哑。这让三上一瞬间以为自己听错了，过了好几秒才明白她说的意思。

“啊？您说什么？”筱田的反应也慢了好几拍。

映子就像在朗读似的对着面前的两个警察重复道：“我差点被人杀了。我好好地开着车，对方却从后方袭击了我。”

“怎么会这样？对方为何要袭击你？”三上问。

“我也不知道，但确实有人要害我。”说完，映子害怕地缩起肩膀。

“您能说得再详细些吗？”筱田说着，向前靠近了映子。三上也跟着向前倾身。

映子说她已经不是第一次身处险境。最近十天内，她至少遭遇了三次袭击。第一次是有人趁她暂时离开车子的间隙，在她的刹车踏板下塞了个空的果汁罐。幸亏她当时车速不快，发现情况后靠离合器和手刹把车子停了下来。如果当时是下坡的话，估计就有生命危险了。

第二次是她在行驶过程中突然听到一声巨响，发现有东西砸到了她的前挡风玻璃上。她赶紧停车查看。下车后才发现地上有块砖，估计是有人潜伏在路边，等映子的车经过的时候朝她扔了砖块。虽然她在周围张望过，但没有发现什么人影。幸亏当时挡风玻璃没被砸碎，不然真不知道会出什么事。

而第三次就是前几天那场车祸。

“当时有人从后方一下子加速逼近我，还用远光灯晃我。一开始我以为只是有人胡闹，但一想到之前的两次，就立刻吓得也加了速。之后开到弯道时，后面的车依然没有减速，越逼越近，感觉就要撞上来了。我只能拼命加速，但在转弯的时候不得已踩了刹车，结果就落得现在这副模样……”也许是一想到当时的情景就背脊发凉后怕不已，只见映子双手交叉，不停地搓着双臂。

真智子赶紧拿来一件毛衫披在映子身上。

“要是我能看清对方的车型就好了，但当时真的完全无心顾及其他……”映子有些不甘心地咬了咬嘴唇。

“原来如此。”筱田喃喃地说，然后看了看三上。

三上也露出一副太过突然、不置可否的表情。

“会不会只是巧合？”筱田问，“最近有不少事故就是因为空罐子不小心滚到刹车踏板下方而引起的。我们平时也在一直提醒司机，要注意避免这种情况发生。”

“我从没见过那个空罐。”映子的声音虽然不响，但语气很笃定，坚决地否定了筱田的说法，“而且那块砖也不可能是碰巧砸过来的。前几天的事故也是，我明显地感受到了对方的杀意。”

筱田频频点头。难怪映子会那么害怕，几件事接连发生，确实很难说只是巧合。他凑近三上轻声说道："这事儿麻烦了，我们搞不定的。"

"那该怎么办？"

"得找刑事科，你和警署联系一下。"

三上来交通科任职已有四年，但从未处理过与刑事案件相关的交通事故。筱田在这方面也没太多经验。

刑事科派来一位名叫斋藤的刑警，看上去年纪与筱田相仿，个头却高大很多，眼神特别犀利。

斋藤让映子又重复了一遍她之前对筱田他们讲述的经过。当他听到映子说这已经是十天内第三次身陷险境时，表情变得越发严峻起来。

"您能猜测一下吗？对方大概可能会有什么理由要加害您？"斋藤问。

映子歪着脑袋思考了一会儿，然后抱着头不停地摇起来："想不出来。我的记忆还有些模糊，真的想不出来。"

看到映子这种状态，斋藤一脸为难地叹了口气。

"姐姐，你不是说过十天前你碰到过一件怪事吗？"真智子对映子说。

“怪事？”映子抬起头来。

“在美术馆边上的树林里，你不是说你在那里看到过什么吗？”

经真智子这么一提醒，映子皱了皱眉，像是头疼的样子，用手指按住了眼角。

就这样想了好一会儿，映子突然“啊”地叫了起来：“你是说那件事？！但那和事故会有什么关系？”

“不知道，但姐姐你就是自那件事之后开始遇到危险的吧？也许真的有关呢？”

斋藤对姐妹俩的这番对话产生了兴趣，调整了一下坐姿问道：“您能具体说一下‘那件事’吗？”

映子看了看真智子，又看了看其他几名警察，鼓起勇气说道：“十天前，我像往常一样下班后离开康复中心。”映子的声音虽然比较低沉，口齿却很清楚，“记得当时是晚上九点多，就在我开车经过美术馆附近时，不知怎么的，我的隐形眼镜突然从眼眶里滑了出来。”

“隐形眼镜？”

“对，我的视力不好，不戴隐形眼镜就没法继续开车，于是我把车停到路边，重新戴好隐形眼镜，却突然听到一旁的树林里传来惨叫声。”

“惨叫声？是女人的声音吗？”三上忍不住插嘴问道。

“我觉得是。”映子有些不确定，“虽然我当时也很害怕，但还是鼓起勇气走近树林去一看究竟。进入树林后，我看到前方不远处有个人影正呈跪趴的姿势。我以为他是不舒服，就问了句：‘你还好吧？’听到我的声音，那个人影突然站起身，转过头来看我。更让我吃惊的是，那个人影身下似乎还有另一个人。我的第一反应以为是打扰到了一对情侣，看到了不该看的。”

三上心想：如果是自己，第一感觉也会是那种想法。

“后来呢？”斋藤问。

“当时我觉得很尴尬，马上转身回自己的车里，然后就开车离开了。”映子最后又加了一句，“事情的经过就是这样。”

斋藤双手抱臂沉思了片刻，接着发问：“当时对方有没有看到你的脸？”

映子歪了歪脑袋：“应该看到了吧？但我不是很确定。”

“那你有没有看清对方的脸？”

“没有。”

“对方有什么明显的特征吗？”

“好像没有。”映子的手掌贴着脸颊，目光投向远处，似乎还在回忆。过了一会儿，她突然想起什么似的张大了嘴。

“怎么了？”斋藤盯着映子问道。

映子的视线依然停留在空中的某个点上：“好像是个小孩。

我记得当时那个人影身下的另一个身影似乎很小。”

“小孩？”斋藤的眼中顿时好似放出强光，“是男孩还是……”

映子一脸痛苦地摇了摇头，然后双手捂脸：“不记得了，实在想不起来了。”

“您现在还能准确地指出那天看到人影的地点吗？”

映子想了好一会儿：“现在想不起来，但如果再去实地一趟，应该可以。”

## 6

奇怪。

包里已经翻了好几遍，但就是找不到。应该没放到过其他地方去，不在包里真的很奇怪。

一只护腕不见了。

戴在手上用来吸汗的那种，是打网球时的必需品。其中一只不见了。

准确地说是被人调包了。虽然很相似，但颜色稍有不同，而且也没有绣着他名字的首字母。

三天前还在的。自己在更衣室里换衣服的时候曾确认过两只护腕上绣着的字母，后来还戴着那副护腕上了球场。

不对。

前半场练习结束后曾脱下过护腕，但之后放在哪里了呢？因为是无意识做出的动作，所以觉得应该是包里了。

实在想不起来。

男人摇了摇头。他一直很喜欢戴那副护腕，现在一只找不到了，觉得很心疼，但也没办法。估计是有人拿错了。现在只能期待拿错了的人主动还回来。

他记得三天前，球场上有很多散客。他回想当时的情景——很多都是自己从没见过的女性客人。

不会吧？谁会要那种吸满了臭汗的护腕啊？

男人忍不住为自己的奇怪想象苦笑了起来。

## 7

第二天一早，警方就立刻对福原映子所说的曾见过可疑人物的树林展开了搜查。树林里枝叶繁茂，感觉夜间从树林外根本看不到里面的情况。

一听说树林里曾经有过可疑人物，警方立刻倾巢出动，因为他们认为这很可能与之前发生的那起女童被杀案有关。

映子说她当时看到的人影中有一个的身型很小。警方怀疑，有可能就是那名遇害的女童。

没过多久，警方就在现场找到一块脏兮兮的布，大小和手帕差不多，几乎一半都被染上了黑褐色的污渍。无需等待鉴证科出结果，在看到这摊污渍的时候，警方就已经猜到了大概。

“那天福原映子看到的人影很有可能就是杀害女童的凶手。”筱田走到正在写报告的三上的身边说。

“已经确定了？”

“还没有，但可能性很大。”

听筱田说，刑事科已经掌握了足以令他们雀跃的信息——在树林里发现的那块布上的污渍果然是血迹，而且血型也和遇害的女童一样，是AB型。

“所以凶手以为福原映子看到了他行凶……”

“估计是的。虽然福原当时什么都没看到，但对凶手而言，自然会心虚地以为被人目击到了犯罪过程，所以想干掉福原。”筱田喝着茶说。

“但在这次撞车事故之前，福原一直都没有把在树林里看到的事声张出去。所以从凶手的角度而言，他本该再观察一阵子的。”

“这正是犯罪者的心理。”筱田好像很懂似的，敲了敲桌子，“凶手一定以为——之前福原之所以没有把树林里的事说出去，是因为女童事件还没败露。一旦女童的事情被报道出来，她就会想起那天夜里的事或许与此有关，就会去找警察。”

“是吗?”三上觉得这种说法有些牵强，不太赞同。

“对了，追尾时蹭到的油漆已经查清楚，车型也确定了。”筱田突然想起来似的说。

据说是某品牌去年刚发售的运动款车型。

“那款车很受年轻人喜欢，但到目前为止，新车的上牌数还不算多，再加上区域限定在本地的话，估计只有几十辆而已。”

“那就算一辆一辆地查，应该也不会太费事。”三上说。

“我听刑事科的人说，已经没那个必要了。”筱田压低了嗓门说。

## 8

开什么玩笑!

看到社会版的报道后，男人握着报纸，不由地双手发抖。

报道说，因为出现了新的证人，警方已经掌握了之前那起女童被杀案的重要线索。看完有关新证人的详细叙述后，男人吓得当场瘫软。

证人说自己曾多次遭到凶手的袭击。

到这里为止，还没什么。但问题是，证人说她几天前开车行驶在路上时再次遭到袭击，还险些撞车身亡。读到这一段的时候，男人已经很清楚地意识到，报道里说的就是几天前的那起事故。

“开什么玩笑！”这一次男人忍不住叫出了声。那只是一起单纯的交通事故。那个什么证人说什么对方想要置她于死地，完全是胡扯。

但从报道的内容来看，警方已经把那起交通事故与女童被杀案联系在了一起，认为就是同一个人所为。

惨了。

照这形势，用不了多久，警方就会找上门来。而事到如今，自己也不能主动去找警察进行解释。

怎么办？

就在男人咬着嘴唇不知所措时，门外传来了敲门声。男人打开房门，见门外站着两个男人，看起来都不太友善。

“我们是警察，你是森本恒夫吧？”眼前那个较矮的男人首先发问。

恒夫心里咯噔一下：“是的……”

“前几天 ×× 高速公路旁的便道上发生过一起事故，你知道吗？”

果然是为那起事故而来的——恒夫心里有些发憷，心想估计已经瞒不住了。

“对不起，我本来想报警的，”恒夫挠挠头，满脸堆笑地说，“但因为当时有点儿急事，而且看对方好像没什么大碍，所以就先走了。”

两名刑警的脸上没有丝毫笑意。

“所以你承认当时是你跟在那辆车后面？”个子较矮的刑警面无表情地发问。

“我承认。但报纸上写的那些都是瞎说，我根本没想过要杀她……”

“但我们听说你当时开车很野啊。”

“没那么夸张，谁都可能偶尔那样开车的嘛。她撞上护栏主要是因为她自己的开车技术不行。我的确与她的撞车事故有关，但根本没想过要杀她。”恒夫极力辩解。

“哦？是吗？”另一个长着关公脸的刑警上前一步，“我们先不谈那起事故。我问你，上上周的周三和周五晚上，你在哪里？”

对方突然换了话题，恒夫被问得当场愣住，瞪大了眼：“干吗要问这个？”

“你别管干吗，先回答我的问题。当时你在哪儿？”

刑警的语气很有威慑力，恒夫担心如果自己拒绝回答，反而会把事情弄得更糟。

“周三和周五，我都在网球学校做教练。”

“哪家网球学校？”

“河合町的那家。”

“哦？”长着关公脸的刑警点点头说，“蛮巧的嘛。”

“什么意思？”

“那个说自己遭人追杀的女士也在河合町附近上班，而且她曾经两次在回家路上遇袭。”

“啊……是、是蛮巧的。”

“不仅如此，”刑警又上前一大步，脸都快贴到恒夫的鼻尖上了，“我们还听说，她前两次遇袭就是在上上周的周三和周五。”

“等、等、等一下！”恒夫感觉自己的脸上正逐渐失去血色，“那真的是巧合！我什么都没做过。再说了，我干吗要去害一个不认识的人？”

刑警露出让恒夫不寒而栗的笑脸，低声说道：“你看过报纸了吧？上面已经写得很清楚了。”

“我可没杀过什么女童！你们不能冤枉人！”

“再问你一个问题。上上周的周一，你在哪里？证人就是在那天晚上看到可疑人物的。”

“周一？”恒夫几近绝望地摇了摇头，“那天我也在网球学校。

每周一、三、五我都在那里教课，但不能因此就说她看到的人影一定是我吧？”

“没错，但我们有证据证明你去过那个树林。”刑警说着，从外套口袋里掏出一个塑料袋。

一看见袋子里的东西，恒夫差点儿尖叫出声。那正是恒夫找了好几天都没找到的护腕！

“你们是在哪里找到的？”

“你说呢？”刑警冷笑道。

恒夫摇了摇头，表示不知道。

“就在那个树林里，落在那块带血的布片旁。我们去树林附近的网球学校打听过，这个护腕是你的吧？上面还绣着代表你名字缩写的字母。而且我们调查过你的车，不仅发现了曾经追尾的痕迹，连被撞车辆上刮到的油漆也和你的车漆完全一致。”

“不是的，那是有原因的。”

“我们也知道肯定有原因啊。”个子较矮的刑警在恒夫身旁说，“所以请你跟我们去一趟警署，好好说一说你的‘原因’吧。”

“不是的！我什么都没做过！”

“怎么可能？你刚刚不是已经承认追尾了吗？”

“我刚才说了！是对方的车撞了护栏……”

“她说当时身后的车辆疾速向她逼近。她还说感受到了对方强烈的杀意。”

“不可能！我当时确实加速逼近过她，但做梦也没想过会有那样的后果。”

“你为什么要加速逼近她？”原本就长着关公脸的那名刑警现在看起来更可怕了。

“因为她当时开得实在太慢……而且我看到她的车上挂了新手司机的标志，就想逗她一下。”

“你觉得会有人相信吗？”刑警一把拎起恒夫的衣襟，恒夫差点儿双脚离地。

“看到她的车上贴着新手司机的车标就想逗她一下？别给我来这一套！她车上的确贴着新手司机的标志，但你自己呢？不也拿了驾照还没满一年嘛！”

## 9

“听说那个男人被抓了。”刚进屋，真智子就兴奋地说道。

映子默默地点点头，按下了组合音响的开关。音响里传出一段莫扎特的旋律，映子一边听音乐一边悠然地说：“活该！”

“不过我真没想到会那么顺利，不愧是姐姐你制订的计划，太完美了！”真智子说。

映子忍不住笑了出来。她闭上眼，当时那种恐惧的感觉又一次爬上心头。

那是她遭遇事故时感受到的恐惧。看见身后的车子不断逼近，她只能一直加速。车轮打滑撞上护栏的时候，她以为自己要死了。即使是现在，每次回想起撞击前因为车速过快而腾起的身体以及撞击时受到的巨大冲击，她依然会不寒而栗。

那个男人把她吓成这样，居然毫无作为地一走了之。虽然他当时似乎对她说了什么，但映子分明从他的嘴角看到了一丝嘲讽。

就在他转身离开的瞬间，男人身上那件防风外套背部印着的网球学校的名字进入了映子的眼帘，映子就是通过这个学校名字找到了那个男人。

在被救出后接受治疗的那段时间里，映子心里一直在想要怎么报仇。她下决心一定要让那个男人知道他的所作所为是多么卑劣。

为了争取尽量多的时间，她故意装成失忆。因为如果还没想好充分的计划就去找警察，那么之后再想要有所动作就难以取信了。

当然，她对真智子从一开始就说了实话。

那地方附近发生过女童被杀的案件，对映子而言是幸运的。

相反，对那个男人来说，只能算他倒霉。只要和那起女童被杀案扯上关系，警方一定会特别重视，严查到底。

发生事故的第二天，真智子帮忙调查到了那个男人的身份——森本恒夫，某私立大学的大三学生，长得一脸轻薄样儿。这是真智子对森本的印象。

此外，真智子还利用自己做护士的便利，准备了一块沾有AB型血液的布片，并偷走森本的护腕，再偷偷扔进美术馆旁边的树林里。

准备工作就此完成。之后，映子只需把警察叫来，扮演一个被神秘凶犯吓得魂不附体的弱女子就行。

正如真智子所说，这个计划堪称完美。虽然森本迟早会被无罪释放，但在那之前，有他好受的。

映子心想：这样很好。

就算这次没有落入她精心设计的陷阱，那个男人的行为仍旧等同于杀人未遂，这个事实不会改变。

总得有人收拾他。

# 过去吧

# 天使之耳：交通警察之夜

## 1

雄二从公司回到家正在解领带时，电话铃响了。他本以为是尚美打来的，但又觉得尚美应该不会这么早打来。他一只手拿着领带，另一只手接起电话，低声说："喂？"

"喂？请问是佐原先生府上吗？"对方是个男人，声音有些沙哑，听上去不像是年轻人。雄二对这个声音感觉很陌生。

"是的，您是哪位？"

"哦，我叫前村。我是从 ×× 警署交通科问到了您的电话。"

"啊？"雄二心想，难道是——

"那件事真的太对不起了。请让我负责您爱车的修理吧。我认识一家修车行，保证修得让您满意。"

“先等一下。前村先生是吧？您的意思是——我的车被蹭到刮花，是您干的？”

“是的……是我干的，真的对不起。”男人的声音有些颤抖，感觉很微弱，说到最后甚至都没了声量。

真走运——雄二心中大喜。他本来已经对索赔不抱希望了。因为女友尚美说什么也不肯再坐那辆被蹭到刮花了的车，所以即使很心疼，他也只能自掏腰包拿出几万日元去修车。没想到肇事者居然主动联系说要负责。

雄二把听筒稍稍拿开，调整了一下呼吸，虽然心里乐开了花，但他并不想让对方察觉到。雄二故意叹了一大口气说：“为什么不早点儿联系我？”他想故意刁难对方，说话的时候非常不客气。

“对不起，前阵子实在太忙了。”

“至少可以先打个电话吧？你去过 ×× 警署了？”

“是的，一位名叫斋藤的主任接待了我，把我狠狠地教育了一通。”

活该——雄二心想，因为自己也被那个叫斋藤的黑脸关公狠狠地说过一顿。

“你不会打算在电话里道个歉就完事吧？怎么着也该来一趟吧？”

“是的，是的，我是打算去您府上当面道歉的。请问府上是在……”

“来我家不太方便，在附近的咖啡馆见吧。”雄二不由分说地定下了见面的时间和地点。毕竟在这种交通事故中，一般都是谁凶谁赢。更何况雄二觉得自己是受害者，没必要对对方客气。

“那我把修车行的老板也一起叫上吧。”

“不必了。我已经把车子送去修车厂了，之后给你收据，可以吧？”

“好的，没问题。”

“告诉我你家里和单位的电话吧。”

“好的。我工作单位的电话是 ×××，家里的电话是 ×××，传真号是 ×××。”

家里有传真机的专线，说明对方的经济条件很不错——雄二松了一口气。他之前听说很多肇事者会因为修理费讨价还价，抱怨个不停。

“那么下周见。”

“好的，真的对不起。打扰您了。”

雄二感到电话那头那个名叫前村的男人似乎始终是以下跪的姿态在与自己通话。

放下电话后——“太棒了！”雄二忍不住打了个响指，接着又拿起电话打给尚美，告诉她这个好消息。

去年年末到今年正月的那几天，雄二的心情一直很不错。先是与尚美一起去滑雪，一月二日，他去了尚美家过夜。尚美是他夏天认识的一个小白领，之前睡过几次，但一起旅行、去她家住还是第一次。

一月三日早上，雄二躺在床上睁开眼，看着身边这个高鼻梁的女孩，心想：要是和她结婚，应该也不错。雄二今年二十九岁，就职于一家电脑服务公司，公司里没有尚美这种类型的女孩。

没过多久，尚美也醒了，透过窗帘的缝隙眺望外面的风景时，吃惊地叫了起来："快看！好厚的积雪，就像滑雪场！"

"下了这么多雪啊？"雄二说着也走到窗边向下望去。果然，每个屋顶都是一片雪白，道路的表面也似乎变身为淡茶色的冰霜。一定是昨天夜里就开始持续下细雪了。

"还好是在正月假期里，要是其他时候，大家肯定乱作一团了。"

这时候，人们大多在家里看电视。整座城市安静祥和。

他们一直赖床到中午，随便吃了几口饭，尚美说想去拜神社求平安。雄二立刻瞪大了眼。

"虽说积雪很深，但那种地方肯定人满为患。"

"去有名的神社肯定会人挤人，但我们可以去不知名的小神社，就当是开车兜兜风嘛。”尚美撒娇地说。

“真的要在下雪天开车出去？”

“有什么关系嘛，总比去滑雪场轻松多了吧？”

“真拿你没办法。”虽然觉得麻烦，但既然小女友已经开口，雄二只好答应。

下午两点多的时候，两人走出房间，沿着一条小路向前走。道路很窄，只够一辆车通过。因为尚美的公寓里没有停车场，所以雄二之前把车停在不远处的马路上。两人走在雪地里，脚下发出嘎吱嘎吱的声响。

走到路幅稍宽的地方，雄二找到了自己的车。和房顶一样，车上也盖着厚厚的白雪。

“真是的，像雪人一样。”雄二苦笑着打开车门。

“啊！”尚美突然叫了一声。

“怎么了？”

“你看！太过分了！”尚美指着车身右后方。

雄二看到之后也不由得张大了嘴。尾灯破碎，车身也被蹭到刮花。昨天停在这里之前可不是这样的。

“可恶！蹭完就跑了？”雄二咬牙切齿地张望四周，但肇事者怎么可能还在附近？

“居然在新年第三天就开始倒霉。报警吧？”

“太麻烦了，算了，就这么开吧。”

“你让我坐这种车？”尚美抱起手臂，斜眼看着被刮花的车身，噘起了嘴。

“不是很明显吧？”

“讨厌，已经没兴致了。”

“是你让我停在这里的。”

“你是什么意思？怪我吗？”尚美眼角上扬。

“我又没那么说。被刮花的是我的车哎，你好歹表示一下同情嘛。”

“我刚才不是叫你报警了吗？”

“报警能有用？我好几个朋友都吃过这种哑巴亏。”

“不一定的，说不定能找到肇事者。你可别后悔，以后再说什么要是当时报警就好了之类的。”尚美扭过头，鼻子里呼出的白气足以说明她有多生气。

雄二摸着下巴，再次环视了一下四周。发现边上有一台香烟自动贩卖机，旁边就是公用电话亭。

“行，听你的。”雄二没好气地说完，朝电话亭走去。

“我在房间里等你。”尚美说。

雄二却连头也不回。

打完 110 没多久，附近的交警就来到了现场，听完情况说明后，请雄二开着车去一趟警署。

雄二瞪大了眼睛问："不去警署你们就不查了？"

"交警很忙的好不好？特别是这种下雪天，今天早上的事故特别多。说实话，像你这种碰擦事故，不可能每件都去追查。"这个有点年纪的交警的脖子上围着一条茶色围巾，无奈地说道。

雄二不由得叹了口气，觉得自己也和那几个朋友一样，成了吃哑巴亏的人。

来到警署，排了将近半小时的队，才轮到雄二。一个名叫斋藤的中年警官长着一张国字脸，听完雄二的描述后，表情严肃地说："你小子不知道马路上禁止乱停车吗？"

"知道，但因为经常看到有车停在那里，而且我朋友也说……"

"你稍微动动脑子就该明白那些都算违章行为。你干吗不停在停车场？你怎么能把车停在那么窄的路上？明显不行的嘛！要我说，你的车被蹭被刮花也是活该，碰擦事故中的八成受害者都是因为自己乱停车。你听懂了吗？"

"懂了，对不起。"雄二低下头，心里却憋着一团怒火。心想：凭什么要自己道歉？

"你真的在好好反省吗？真是的！"斋藤一边在文件上做记录，一边嘟囔着。

可恶——雄二的脑海里浮现出尚美的身影。早就说不要报警嘛。虽然不必因为违章停车而受罚，但被这么教训一通，实在很憋屈。而且他被告知找到肇事者的希望很渺茫。

“就这样吧。以后不要再乱停车了，驾校学的都还给老师了吗？”办完事故证明的手续之后，斋藤依旧喋喋不休。

正月休假一结束，雄二立刻把车送进修理厂，对方报价五六万日元。

“能便宜些吗？随便修一下就行。”雄二如此托修理厂的员工，因为年末领到的奖金已经所剩无几。

之后，雄二再没和尚美联系过。其实他也不想为这种小事和尚美闹别扭，但就是不想主动打电话，心里希望尚美最好能先给自己打电话。但对方似乎也没想过要主动讨好他。雄二感慨，现在的小白领怎么那么心高气傲呢？

刚开年就遇到那么倒霉的事，雄二为此郁闷了好几天。

就在这时，接到了肇事者打来的那通电话。

看来今年的运气还不算差……听着打通尚美电话后的“嘟——嘟——”声，雄二忍不住噗嗤笑了出来。

## 2

雄二故意比约定的时间晚了五分钟才走进咖啡馆，看到最里面的桌子边坐着一个三十多岁的男人，身旁还放着一个白色大纸袋。这是他们在电话里约好的接头暗号。雄二大步走上前，刚问了句："您是前村先生吗？"对方立刻从椅子上弹了起来。

"啊，您好。您是佐原先生吧？抱歉让您特地跑一趟，真是太对不起了。"前村说着，深深鞠躬。

雄二自顾坐下，好好地打量了一下眼前这个男人。前村个子不高，还有些驼背，眼角下垂，嘴唇微张，怎么看都不是那种很精明的人。

雄二点了杯咖啡。前村递上自己的名片。雄二用手指捏着名片瞥了一眼，却不由得大吃一惊。

前村制造株式会社　技术部长　前村敏树

"前村制作？所以您是前村社长的……"

"是的，社长是我的大伯。"被问到前村家的姓氏，这个驼背的男人似乎挺高兴，笑得露出一口白牙。这也难怪，毕竟前村制造是工程机械制造领域的中坚力量，与雄二任职的公司也有生意上的往来。

雄二也掏出自己的名片。

"噢，原来您在这里高就啊，鄙社一直承蒙贵公司的关照。"

前村露出商务人士的表情，接着拿起身旁的纸袋，“一点小意思，不成敬意。”

雄二瞄了一眼袋内，是那种高级百货店才会贩售的大礼盒。

“那我就收下了。”雄二觉得自己没必要和前村客气，他本来就应该送礼赔罪。

见对方很好说话，雄二趁势从口袋里掏出一只信封：“这次修理费的收据。”

“好的，我看一下哦。”前村挺直了背，毕恭毕敬地接过信封，从里面抽出维修费的账单。

雄二有些担心地看着前村的表情，发现似乎没什么变化。

“十万日元，是吧？”前村叹着气说。

“修车师傅检查得很仔细，说比想象的要严重，换了很多零件，所以就是这个数了。”雄二之所以解释那么多，是因为如果只修划痕的话，其实五六万日元就足够了。但他接到前村的电话后，想着反正不修白不修，于是干脆联系修车厂把整车查了个遍，大小问题全都修好，收费的时候也全都计算在内。

雄二本以为对方看到修理费的金额后会有所不满，没想到前村竟然爽快地点头答应。

“明白了。说实话我本来以为会更贵呢。明天一早给您的账户汇过去，您看行吗？”

“您打算用保险理赔吗？”

“这点小数目还是不进保了吧。事实上，我今年至今还保持着无事故、无违章的记录呢。要是进了保，明年就得涨保费了。”

听前村说会自费理赔后，雄二松了一口气。因为如果选择进保，保险公司肯定会对修理明细进行核查，到时候想要拿到全额就没那么容易了。

“说起来你一个无事故、无违章的良好市民，怎么蹭花了我的车后就跑了呢？”雄二喝了一口咖啡。前村为修理费大方买单的姿态让雄二说话的态度放松很多。

“算是蹭擦后逃逸……吧？”前村搓了搓脸，就像被当成罪犯似的，神情低落地说，“总之，那天早上是我太急了，想抄近路才选了那条路。但路幅太窄，只能从您的车旁强行通过，一不留神就蹭到了。而且那天下大雪，轮胎打滑得很厉害。要是路幅再宽一些就好了。那么窄的路上还停着车，真的很难行车的。”

什么意思？怪我乱停车？雄二一脸不悦地扭着脸：“我只不过是停了一会儿车而已。”

“是的，是的，我理解的。谁都会遇到找不到车位暂时先停一下的时候，责任完全不在您那一方。我想说的是有关单位应该好好管一管现在这种交通状况。”

雄二把杯中剩下的咖啡一饮而尽，觉得和前村这种说话拖泥带水的男人再待下去，自己都快抓狂了。反正前村已经答应给钱，雄二觉得不需要再聊下去了。

“那就拜托尽快汇款。走了。”

雄二故意把自己的咖啡账单也留在桌上转身离开，不料身后却传来前村的声音：“好的，后会有期……”

后会有期？雄二闻言愣了一下，继续迈步离开，心想：谁要跟你后会？

回到家，雄二打开礼盒，发现是一瓶高级白兰地。当天晚上，雄二就喝掉了三分之一瓶。真是好酒！

## 3

一周后，雄二再次见到了驼背的前村。这次是在回家的电车上，前村先向雄二打了招呼，然后挤过满车的人群朝雄二走来。

“您好，上次真是给您添麻烦了。”前村费劲地抓着扶手，吃力地向雄二问候。

“你好。你经常坐这班车？”

“不是的，今天因为在外面和客户谈生意。真巧啊。”

“是啊。”雄二一瞬间有些怀疑是否真的那么巧，但立刻打消了这个念头，毕竟以双方的立场而言，应该是对方不想再见到自己。

“您的车现在车况如何?”

“托你的福，蛮好的。”

“是吗，那太好了。之前好像保险杠也坏了吧？真的很对不起啊。”

雄二含糊地点了点头。他猜前村联系过他找的那家修理厂，估计是修车师傅告诉了他保险杠的事。看样子前村好像知道，但故意装傻；也好像完全不知道。雄二觉得自己猜不透前村。

双方沉默了一会儿之后，前村开口问：“您是在下一站换乘吗?”

“是的。”

前村听后，非常高兴地发出邀请：“要不要一起去喝杯茶?”

“抱歉，我后面还有事。”这当然是假话，雄二只是不想和前村在一起。

“这样啊，真遗憾。”前村识趣地不再纠缠。

当天晚上，尚美给雄二打来了电话。现在车修好了，两人也和好如初。尚美说起下一个三连休的计划。

“你带我去滑雪吧，附近的滑雪场也行。”

“说了很多遍了，现在到处都订不到酒店。”雄二皱起眉头。他知道尚美最近刚接触滑雪，上次两人一起去滑雪的时候，在雄二的指导下，尚美开始有点上手了，现在正在兴头上。

“有没有一般人不知道的那种滑雪场？没名气的也行啊。”

“太天真了吧？就算有，也早就被大家订光了。要不就找个滑雪场当天去当天回，怎么样？不过当天来回就必须很早出发，而且高速上也肯定排长龙。假期里那么多人，滑雪场肯定人满为患，排队上滑道估计至少要等一小时。”

“别说扫兴的话，想想办法嘛。”

“我尽量吧，但估计没戏。”雄二嘴上这么说，其实并不打算去费劲想什么办法，因为明摆着没办法。

“对了，最近我总是觉得怪怪的，你有没有觉得哪里不对劲？”

“什么意思？”雄二不解地问。尚美经常这样跳跃式地说话，前言不搭后语。

“怎么说呢？总觉得有人在看我。”

“肯定会看啊。是你公司里的那些男同事吧，谁让你总是穿迷你裙。”

“哪有！我上班的时候又不会那么穿。只是一种直觉，总觉得被人盯上了。”

“哦。”后面那句雄二没说出口：是你的自我感觉太好了。

“我没有被人盯上的感觉，因为我们公司没几个女同事。”

“反倒是你总是盯着别人看吧？不说这个了。总之，滑雪的事就交给你了哦。”尚美又突然转回原来的话题。

雄二再三申明，叫尚美别抱太大的希望。

## 4

第二天回家的路上，在同一班电车上，雄二又一次遇到前村。雄二本打算假装没看见，但前村非常殷勤地走上前打招呼。

“我们又见面了。您经常坐这班车吗？”

“是啊。你也是下班回家？”

“是啊，刚才在和客户谈生意。”前村的说辞与昨天一样。

雄二故意把脸转向报纸，摆出让对方难以搭话的姿态。

但就在快要抵达换乘车站的时候，前村又和昨天一样约雄二去喝茶。雄二依然拒绝，但今天的前村不再像昨天那样放弃得那么爽快。

“就耽误您一点点时间，行吗？其实我有事相求。”

“有事求我？”雄二警惕地看着前村，“什么事？”

“您最近在滑雪吧？”

“是啊。”雄二看了前村一眼，心想，你怎么会知道？

前村满脸堆笑地望着雄二：“我见过您车上有用来装雪橇的架子。”

“原来如此。”

“现在正是滑雪的季节，您打算去哪里滑？”

“想去，但还没定。”

“这样啊，其实我想请您去我家别墅住几天。”

雄二换了只手去抓扶手，看着前村问：“让我去你家的别墅住？”

“是的。我们找个地方坐下来，容我详细解释一下，行吗？”

前村话音刚落，电车已经到站，车门打开。

“那就聊一会儿吧。”雄二对前村说。前村已经笑着露出一口白牙。

两人来到车站前一间只有吧台位的居酒屋。前村说他们家在信州有座别墅，是他伯父——也就是前村制造的社长名下的房产。

“下个月，亲戚朋友要在那座别墅里聚会。因为那里有好几个月没人住过了，也不知道别墅里面现在是什么状况，应该不至于糟到不能住人，但还是有点儿不放心。如果聚会前有人能替我去住两三天，开开窗户、给房间通通风什么的就好了。我正在发愁能找谁去。”

“只是去开窗通风，是吧？”

“我知道请您做这件事其实很失礼，但真的找不到合适的人。”前村双手抱住后颈，“话说那地方真的蛮不错的，开车二十分钟就能到滑雪场，而且方圆几里只有我们一栋别墅，周围没什么闲杂人等，很安静的。”

“但那里很远吧，开车过去也不容易呢。”雄二嘴上不表态，心里已经开始打起小算盘。

“不用特地过去，两周内，您方便的时候去一趟就行。”

雄二听罢，想到尚美说过的三连休，打算过会儿再问问尚美的意思。

“知道了，既然你都说到这个分上了，我就先答应你，会考虑一下。不过最终去不去可不一定哦。”

“拜托您了。”前村特地站起身向雄二鞠躬致谢。

回到家，雄二打电话告诉尚美这个好消息。

尚美听完，异常兴奋地说：“太幸运了吧！既能住别墅又能滑雪！简直像在做梦。你这次被刮花了车，反而赚了呢！”

“那我去答应人家了哦。”

“必须答应呀。快去联系他，不然他找别人了怎么办？”

“应该不会吧。我现在就打电话给他。”

挂上电话，雄二立刻拨通了前村的电话。电话响了七次，才有人接起。雄二心生疑惑：莫非家里没有别人？

“我可以替你去住几天别墅。”

话音刚落，前村就夸张地舒了一口气："您可真是帮大忙了。我之前还担心要是被您拒绝了该怎么办呢。"

"怎么会呢？前村家的人，面子肯定大，就算我不答应，肯定也会有别人乐意的。"

"不是的，我只盼着是您去住。您能去，真是太好了。"前村说关于详细情况会再联系。

雄二挂上了电话，心里突然冒出一种不祥的预感。"只盼着是您去住"——这话听起来怪别扭的。

应该是自己多虑了——雄二哼起轻快的小曲，试图让自己打消这个念头。

## 5

三连休的第一天，晴空万里，是个适合外出兜风的好日子。虽说一路上十分拥挤，但一想到即将到来的幸福别墅夜，小堵小塞也就都能忍了。就连平时诸多抱怨的尚美，今天的心情也灿烂如阳光，还不停地更换车内音乐。

下了中央高速后，他们沿着国道向北行驶。按照前村给的地图行驶了大约两个小时后，漫天的雪景开始映入眼帘。

"太棒了，让人有一种真的来滑雪了的实感呢。"尚美越发兴奋不已。

之前的路上还能看到不少其他滑雪客的车辆或大巴，但没过多久，只有雄二他们的车驶离了主干道。前村家的别墅距离那种大众景点非常远，这让雄二产生了一种优越感。

雄二继续行驶，道路渐渐变窄，不久就变成了崎岖的山路。有些路段甚至没有护栏。虽说雄二已经习惯开雪地路，但还是全神贯注地打着方向盘。

"这路好险啊，不会开错路了吧？"尚美有些不安地问。

"没问题的。附近只有这一条路，想错也错不了。而且地图上也标明了要走这条窄路。"

就这样开了一段爬山路之后，他们来到一个岔路口。按照地图指示穿过树林之后，一栋建在开阔平地上、北欧风格的建筑赫然出现。

他们把车停在空阔的场地上，拿着行李走下车，忍不住啧啧称赞：真是一栋豪宅！的确适合大户人家的聚会。尚美也对此赞不绝口。

雄二环顾四周。之前前村说别墅管理员会定期过来，今天会有管理员给他们送钥匙。

"会不会在那里？"尚美望着停车场上的一辆丰田兰德酷路泽（Land Cruiser）说。

两人又等了一刻钟左右。突然听到远处传来汽车的引擎声，回头一看，是一辆丰田海拉克斯（Hilux）。

海拉克斯停下后，一个男人从车窗里探出脑袋："抱歉让两位久等了。"笑着说话的正是前村。

前村说别墅任由雄二他们自由使用。尚美选了二楼南侧一间带浴室和洗手间的卧室，里面放着两张单人床。

"真搞不懂前村干吗要亲自过来。"雄二坐在床上喃喃自语。

"也许因为管理人正好不方便吧。"

"那也可以找别人来送钥匙啊，何必亲自过来？"

"也许他是为了表示诚意。"

"诚意？"

总觉得哪里不对劲——雄二心想——这件事从一开始就怪怪的。

"明天早上他真的会走吗？要是他一直赖着不走，好不容易等到的别墅生活就没劲了。"

"这可是人家的房子，怎么能说他赖着不走呢？他既然说了明天会走，应该不会食言吧。"

"希望如此。"尚美有些发愁。

这时，外面又传来汽车的引擎声。雄二朝窗外看去，只见一辆小型四驱车刚驶进来。停车后，走出驾驶座的仍是前村。

“奇怪！他刚才出去的时候不是开兰德酷路泽的吗？”

“这辆小车好像在哪里见过……”尚美也凑了过来，“是来这里的路上！停在路边的那辆吧？”

只见前村一边搓着手一边朝别墅玄关处走去，雪地里留下一个个深深的脚印。

“我有一个疑问。”

“什么？”

“附近真的有滑雪场吗？虽然我对这里的地理位置不熟，不是很确定，但一路上好像没看到类似滑雪场的地方吧？”尚美说。

“应该没问题的，就是因为我们说要去滑雪，他才借我们别墅的呀。”

“话虽如此……”

这时，有人敲门。开门一看，是前村，一脸人畜无害的表情。

“我想在做晚饭的时候顺便向两位介绍一下厨房的一些用品和用法。”

“好的。”尚美先走出房门。

前村说今晚要请他们尝一尝自己的手艺。

雄二觉得有一种好像胃被什么东西顶上来的、不舒服的感觉。他朝窗外看去，刚才前村开的那辆车就停在自己的鼻子底下。

但那辆兰德酷路泽呢？被他开去哪里了？

## 6

前村的手艺真不是盖的。餐厅水准的前菜上桌后，前村开了一瓶红酒。

“太厉害了！简直是专业人士！”之前和前村一起待在厨房里的尚美佩服不已。

“我以前就喜欢做菜，还曾经跟一位法国大厨学过一阵子，但后来自己学艺不精，师傅就不要我了。”虽然前村的措辞很谦虚，但从他的语气中听得出来他对自己的厨艺很有信心。

“您结婚了吗？”雄二问了这个很早就想问的问题。

前村放下手中的叉子，直视着雄二说：“结了。”

“有小孩吗？”

前村低下头，接着又抬起头看着雄二：“没有。”

“是吗。”雄二说着故意把视线转向自己的盘子，往嘴里送吃的，避开与前村视线相交。

“您夫人今晚一个人在家？”尚美问。

前村迟疑了片刻，回答说：“不，我妻子最近生病了，正在住院。”

雄二抬起头问：“哪里不舒服？”

前村并没有立刻回答，而是先往自己的酒杯里倒满红酒，一口气喝掉半杯，然后伸出右手食指，指了指太阳穴说：“这里。”

“啊？”雄二惊得叫出了声。

“她的脑子出了问题，住进了精神病院，已经快两周了。”

雄二一时不知道该怎么接话。尚美也放下了刀叉。

“抱歉，不该说这些的。快吃吧。”前村为两人倒上红酒。

雄二喝了一大口红酒，然后专注吃菜。

“真羡慕您啊，能和这么漂亮的姑娘交往，两位会结婚吧？”

见前村似乎没打算安静地吃饭，雄二只好低着头说：“还没决定。”

“结婚可得趁早。晚婚不好。趁年轻赶紧把孩子生了，年纪大了再要孩子会很辛苦的。”

雄二抬起头，见前村在一个劲儿地点头。

“您是自己不想要孩子吗？”尚美问。

前村笑着摇摇头：“不是的，是天意。也许老天觉得我们不适合要孩子吧。”前村不像是在回答尚美的问题，倒有一种在自我说服的语气。

“您很晚才结婚吗？”尚美继续提问。

“是啊，三十四岁时才结婚，在一般人眼中算是晚婚了。”

“所以你是不是很后悔没有趁年轻的时候早点儿生个孩子？”

听雄二这么一问，前村苦笑地摇摇手说：“我说的不是我自己。我们就算再早结婚，估计也没那福气要孩子。我的意思是说，如果能趁年轻早点儿生了孩子，万一发生不幸，还有可能从头来过。”

“发生不幸？”

“我说的是我的朋友，最近遭遇了不幸。”前村喝完杯子里的红酒，然后又添了些，继续说道：“他的孩子死了。”

雄二的心突然感觉被什么东西扎了一下。

“他很晚才结婚，和我一样，差不多也是三十四岁的时候结婚的吧。一开始，怎么也生不出孩子，夫妇俩觉得可能是自己的身体有问题，于是去医院接受不孕不育的治疗。”前村娓娓道来，声音在饭厅里回响。

雄二心想：干吗要说这些？

“第二年，他的妻子终于怀上了，可把他给乐坏了。不只是他的亲戚，连我这样的朋友也接到了他的报喜电话。他真的很开心。出生的是个男孩，和妈妈长得很像。生日是十一月三日，正好是日本的文化日。那年新年，他把孩子的照片印在明信片上寄给了很多人。”

前村说着，将视线投向远方。

“之后的一两年，是那个男人最幸福的时光。工作上升职加薪，回到家里老婆孩子热炕头。谁见着他都觉得他过得特别幸福美满。”

说到这里，前村突然沉下了脸。

“所以他的孩子死后，之前有多快乐，那时候就有多凄惨。他甚至想过去寻死。”

“他的孩子为什么……”尚美也语气沉重地问道。

“因为事故。起因是一件小事。父母当时如果当心一点，也许就不会出事。”前村似乎事不关已地说，“孩子长到爱乱走动的年纪时，特别需要注意。他的父母平时其实蛮注意的，但那天因为来拜年的客人很多，所以就没顾上。”

过年？不就是正月假期里的事吗——雄二又一次感到心被刺了一下。

“孩子掉进了很深的大浴缸里。”前村说这话的时候比之前加重了语气，就像一下子把堵在胸口的东西全都吐了出来。

“那孩子之前从没一个人跑去过浴室，所以父母都疏忽了。但是养大一个孩子的过程中哪容得半点疏忽？偏偏就在那天，事后再怎么后悔都没用了。发现孩子不见了之后，孩子的母亲过了很久才在浴室里找到孩子。孩子已经没了神志，摇都摇不醒。父母赶紧把孩子送去医院，但为时已晚。”

前村说着，把手放在了桌子上，十指相交紧握，开始微微发抖。

“那起事故真的让他们悔到肠子都青了。只能怪父母疏忽大意。之后，孩子的父亲……就是我的朋友，把气全都出到了妻子的身上。男人真是任性的动物。他把责任全都怪在孩子的母亲身上。要是他妻子是个性格强势的人，也许夫妻俩会互相责怪，吵到不可开交吧，但偏偏他妻子是个特别柔弱的人，遭受了痛失爱子的打击，又受到丈夫的指责和埋怨，这让她彻底崩溃，没多久就患上了重度抑郁症，必须住院接受治疗。”

“啊——”尚美忍不住叫了一声。一旁的雄二凝视着已经放下刀叉继续说话的前村。

“事故的原因在于父母的疏忽，这一点毋庸置疑，但其实还有一个因素，就是不走运。医院方面说，如果能早到三十分钟，哪怕早到十五分钟也好，也许还有救。要不是不走运，本来可以早点儿送到医院的。”

“不走运？”尚美小心翼翼地问。

前村挺直了背，看了一眼尚美，又看了一眼雄二，然后做了个深呼吸：“他们平时一直走的那条路，偏偏那天被堵住了。”

雄二心里咯噔一下。

“他们选的是去医院的最短路线，有一段路幅很窄。虽说窄，但容纳一辆车通过，还是绰绰有余的。然而，偏偏就在那天，那条路上停了一辆车。我朋友开的是进口车，车身比较大，怎么也挤不过去。他当然也按过喇叭，但完全没人出来。”

雄二意识到前村说的就是他自己的事。这个男人就是为了说这番话才把雄二他们叫来这里。

“结果，他们只能不停地倒车。那种开法很费事，耗掉了太多时间。如果没有那辆随意停在路上的车……我的朋友真的恨得不得了。”

“但是，还是有点儿奇怪啊。”雄二选择反击。他觉得不能让前村一个人说个没完。

前村眉头一挑：“哦？哪里奇怪？”

“那是正月假期里的事吧？他可以不选小路，一开始就走大路啊。正月假期里，大路上都很空的。那个在路边停车的人肯定也没想到正月里有人会驶入那条小路吧？”

“原来如此，居然还有这种逻辑，只能说天有不测风云吧。我那朋友一开始也想走大路的，但偏偏那天，大路也堵得不得了。”

“正月里？怎么可能？”

“真的。因为前一天晚上下了破纪录的大雪，发生了很多起事故。虽然假日里路上的车比平时少，但因为发生了那么多起事故，所以大路也变得拥堵不堪。”

雄二愕然无语。他想起那天报警的时候，派出所的警察确实说过当天早上发生了很多起事故，所以他们忙得不可开交。

“怎么没叫救护车？那样的话应该能早点儿送到医院吧？”尚美插嘴说，她也已经知道了前村的用意。

前村不屑一顾地哼了一声。“当时已经心急火燎，哪里还等得了救护车？这就是做父母的心情啊。而且就算救护车来了，也可能会被医院踢皮球拒收。我觉得他们当时选择自驾去熟悉的医院并没有错。”

尚美说了句“但是……”就没再说下去。

三人陷入凝重的沉默之中，谁也没有再动桌上的菜肴。

“没什么稀奇的吧。”雄二说，“随便在路上停个车，很多人都会的。”

“是啊。多到连警察都对此叫苦不迭的程度。但是那些乱停车的人却不觉得这种行为是不对的。就算被贴了罚单，也有人随手撕下扔掉就走，完全不当一回事。明明连停车位都没有，还非要买大车。只能说全都疯了。”

“说这种话的人自己应该也有过违章停车的时候吧？”雄二歪着嘴不以为然地说。

前村挺起胸膛：“很明确地告诉您，那个死了孩子的父亲，在他的记忆中，一次违法违规都没有，更别说违章停车了。所以他才更加仇视那些乱停车、给别人添了麻烦还不自知、觉得‘稍微停一会儿有什么关系’的人。”

说到这里，前村又做了个深呼吸，继续说：“孩子的父亲甚至想过要杀了那个人。”

雄二看着前村的脸，觉得喉咙干渴难耐，不由得把手伸向玻璃杯。然而，他却手抖得碰倒了玻璃杯，白色的桌布上洒满了红酒。

## 7

一回到房间，雄二就叫尚美马上收拾行李。他打算立刻离开。

“明早走不行吗？”

“不行！那家伙肯定都计划好了，要给他儿子报仇。”雄二打开包，胡乱地把衣服塞进包里。

“为什么要找我们报仇？不就是在路上停了一会儿车嘛。”

“你去跟那男人说呀。那家伙已经认定他儿子的死都怪我们，估计已经找侦探查过我们了吧。你之前不是也说过觉得被人盯上了吗？”

“果然不是我想多了。但他到底打算做什么？”

“谁知道？我也不想知道。总之我们得快点儿走，保命要紧。这可不是开玩笑的。”

“真的不是开玩笑啊。”尚美说着噘起嘴，一副快要哭出来的模样，也开始收拾行李。

夜里十一点多，两人离开房间，压着脚步声下了楼。前村的房间就在饭厅旁边。走到前村的房门前时，雄二耳朵贴门试着听了一下，但没听到里面有什么声响。

他们迅速走向玄关，开了门来到屋外。冰冷的空气席卷全身，令他们手脚发抖。

“好冷啊。赶紧去开车门。”

“知道了。”

钻进车子，雄二立刻发动引擎。这么冷的天，车子需要先发动一会儿才能起步。雄二觉得万一引擎声被前村听到也没关系，如果他现在追出来，他们可以立刻踩油门甩掉他。

雄二一边等待汽车发动，一边思考前村为何要选这里。一般而言，报仇该找没人的地方。雄二想起前村之前说过，现在这段时期内，不会有其他车开来这里。所以现在这里形同一个密闭的空间。

“行了，走了。”雄二放下手刹。

他沿着白天上山的路慢慢往回开。一路上，两个人都没开口说话。尚美撑着脸颊，视线投向远光灯照射到的道路前方。

“你放点儿音乐吧，一点儿声音都没有，怪瘆人的。”雄二说。

尚美不耐烦地随手拿起一盘磁带塞进了车载录音机里。白天已经听腻了的音乐从喇叭里传了出来。

“唉！”尚美说，“客观上来说，我们确实做得不对。”

听见尚美这么说，雄二烦得想要啧出声来。他虽然不觉得自己没错，但也没觉得要因此被怪罪。“这世上乱停车的人多了去了，比天上的星星还多呢。我们只是不巧遇到前村那种人，倒了霉。真不走运。”

“那个人刚才也说是他们不走运的吧？他说要不是那条路上有人乱停车……”

“够了！”雄二生气地吼了一声。尚美就像牡蛎一样立刻闭了嘴，车内再次被令人窒息的沉默笼罩。

他们驶离别墅十分钟左右，突然眼前出现一个黑色的东西，雄二赶紧踩下刹车。

居然有一辆大车靠着山体的一侧停在路上。

“啊！”尚美小声叫了一声，“是那辆兰德酷路泽。”

“真的呢。”

原本就不宽的路被这辆大车占掉了一大半的路幅，剩下的宽度看起来勉强够雄二的车通过。而且，留给雄二的这一侧没有护栏，朝路的外侧看去，悬崖峭壁，深不见底。

“原来如此，这就是他想搞的事啊。”

“什么意思？你别憋着不说完呀，会吓到我的。”

“那个男人早就料到我们会半夜逃走，或者说是他设计好让我们半夜出来的，还事先把兰德酷路泽停在这里。他想让我们也尝尝遭遇路上乱停车的滋味。”

尚美听完雄二的解释，不由得张大了嘴。

“太傻了吧！就为了做这些把我们弄到这种地方？又不是小孩子怄气，他想说就直说嘛，我们又不是听不懂。”

“怎么办？事实上，这条路被他这么一停，真的麻烦了。”

“你怎么想？要回去吗？”

“说什么蠢话？怎么能回去？看我的。”雄二手上开始打方向，脚下慢慢踩油门。

“你行吗？”尚美一脸担心。

“相信我，应该刚好能通过。就算擦到那辆兰德酷路泽一点，能有什么关系啊？”

雄二一点一点地调动着车身。此刻，他的车已经与兰德酷路泽并排紧贴，看起来路幅的宽度应该刚刚够他的车通过。

不过贴着兰德酷路泽这一侧的反光镜被卡到了，雄二只能把手伸出车窗去调整。

“你小心点儿。我这边已经完全没有余地了。”尚美战战兢兢地朝车窗外看去，轻声提醒道。

“我知道，马上就能过去。”

话音未落，车身突然轻轻一震，一下子向左倾斜。

尚美尖叫。

“喂！怎么回事！”

“不知道。”

“你打开车窗看一下。”

尚美按下电动车窗的开关，胆战心惊地把脸探出窗外。就在下一秒，她吓得眼珠都快掉出来了。

“惨了！山崖这边的路段碎了一块，后轮胎已经掉在路外面了！”

“你说什么?!”

雄二吓得浑身直冒冷汗，紧紧地握住方向盘，小心翼翼地继续向前开。他的车是前轮驱动。

“啊！不行了！停车！”尚美大叫，“前面的路段看着也快裂了。再往前开的话，前轮也会掉出路外的。你再朝右一点呀！”

“不行啊，被兰德酷路泽完全挡住了！”雄二停下车，拉起手刹。就在这一瞬间，车身再度左倾。路面正一点点地碎裂，坍塌。

“怎么办？再这么下去，整辆车都会掉下去的。”

“吵什么！我正在想办法。”雄二虽然嘴上叫得凶，其实根本想不出什么好办法。后轮已经掉出路外，所以没法倒车；如果继续前进，前轮也会很快不保；想要打开车门先下车，但右边已被兰德酷路泽完全抵住，根本开不了门；而左边则是万丈悬崖。

“喂！你想到办法了吗？”尚美摇着雄二的肩问。

雄二甩开尚美的手。

“别乱动，车子会晃的。”

“但是……”尚美双手掩面。

雄二已经黔驴技穷，只能在这里干等。也不知道会不会有人过来，毕竟之前听前村说几乎不会有什么人走这条路。

“前村应该会过来。我们等他来。”

“他会来救我们吗？”尚美喃喃地说，“那个人非常恨我们。”

“他不救我们还想怎样？他自己要回去也得走这条路。”雄二刚说完，不由得倒吸一口冷气。

尚美也脸色铁青。

原来如此。雄二这才明白前村的真正用意。这一切都是前村早就设计好的，是他故意让雄二与尚美陷入现在的困境。路面的碎裂坍塌也绝非偶然。前村事先已经动过手脚，就等雄二的车开至此处。一切都如前村所料。也许前村唯一没想到的就是雄二的车到现在还没掉下山崖，还有最后一口气。

“他刚才说过想要杀了乱停车的人吧？恨到想要杀人……”

“别吵！闭嘴！”雄二握着方向盘的手已经全是冷汗，他想要吞口唾沫，却发现口中已干涸。

就在这时，雄二见后视镜里出现一道灯光，正在向他们接近。他回头看去，那辆海拉克斯已经停在了他们后方几米远的地方。只见驾驶座的车门打开，前村从车里走了出来。他站在雄二的车后，稍稍弯腰查看情况。

过了一会儿，他挤过兰德酷路泽靠山体一侧的空隙，来到雄二的车子的前方。在雄二的车子的车灯照耀下，前村的脸就像戴着能乐面具一样。他眯起眼，鄙夷地看着雄二他们。

“救命啊，求你了……”坐在雄二身旁的尚美呻吟般地说着，但似乎声音并没有传到前村那里。

前村就这么一直看着他们，也不知过了多少秒，雄二觉得前村的眼神就像蜘蛛在看落入网中的猎物一样，在想着下一步要怎么收拾他们。事实上，前村想怎么收拾他们都行，现在的雄二和尚美已经完全没辙，只能任由前村宰割。前村只要轻轻推一把车身就能解决他们。为此而准备的道具——让路幅变窄的道具——

就停在雄二边上。

很快，前村开始动手。只见他钻进了兰德酷路泽。

雄二似乎听到从哪里发出“嘎达嘎达”的声响，仔细一听才意识到是自己的牙齿在打架。尚美也在发抖。两个人都已经恐惧到连叫都叫不出来了。

这时，兰德酷路泽的引擎声响起。与此同时，雄二的车似乎更向左倾。雄二紧紧地闭上双眼。

耳中只听到轮胎与雪地摩擦的声音。兰德酷路泽似乎朝前方开走了。没过多久又停了下来，接着就没再移动。

雄二心想：前村到底打算干吗？难道想倒车把我们撞下山崖？

感觉过了很久，雄二才鼓起勇气睁开了眼。

这时，“咚”的一声，雄二感到车身受到了冲击。一旁的尚美惊声尖叫。雄二又一次紧闭双眼，而且比刚才闭得更紧。

然而，车子并没有坠落，相反，有一种被拖拽朝前的感觉。雄二诚惶诚恐地睁开双眼。

他看到前面的兰德酷路泽上拴着一条牵引绳，正在拖行自己的车。

雄二的车被拖到路中央之后，前村下了车。他看都不看雄二一眼，解开牵引绳，然后再回到兰德酷路泽上，自顾驾车下山而去。

雄二像丢了魂似的，对刚刚发生的事百思不得其解。他只知道，自己现在安然无恙。

“喂！快走吧。”尚美说，她现在仍是一脸如梦初醒的表情。

“啊，哦。走吧。”雄二踩下油门。

行驶数百米后，雄二发现道路左侧停着那辆兰德酷路泽。这条路的路幅较宽，就算边上有人停车，也不难通过。

雄二有些紧张地开过兰德酷路泽。他心有余悸，害怕再遭前村算计。但从兰德酷路泽边上驶过后，什么事都没发生。尚美也不由得松了一口气。

雄二用反光镜看了看前村的车。因为太暗，看不太清楚，只知道他坐在驾驶座上一动不动。

雄二踩下刹车，把车停下。

“怎么了？”尚美问。

“你等我一下。”

雄二下车来到兰德酷路泽边上。

前村没有看他，一直闭着眼。

“前村先生……”雄二试着叫他，但是前村没理他。

雄二继续说：“真的……非常对不起，我为之前在路上乱停车向您道歉。”

前村还是没有理会。几十秒过后，他依然闭着双眼说：“走吧……你快走吧。”

雄二低着头回到自己的车上。尚美问他刚才干什么去了，他说没什么。

握着方向盘，雄二继续驾车前行。黑暗中，眼前出现一条泛着白光的曲折道路。雄二觉得这条路永无尽头。

# 别乱扔

## 1

打完高尔夫，两人驾车从御场殿驶入东名高速。

“你打算怎么办？”坐在副驾驶座上的春美正喝着罐装咖啡。

“啧，真的很麻烦呢。”斋藤和久撇着嘴注视前方。

“你老婆已经知道我和你的事了吧？”春美说。

和久从鼻子里发出“哼”的一声：“就是因为知道了，所以才提离婚的呀。”

“是吗？但就这么离婚的话，你一分钱都捞不到吧？”

“当然了，因为责任在我。搞不好她还要问我要赡养费呢！她其实很清楚，我哪有什么钱。”

“嗯。”春美又啜了一口咖啡，“你能离婚，我是很开心的，但如果你老婆的财产一分钱都分不到的话，也真的蛮不甘心的。”

“有什么不甘心的，说到底我本来就一无所有。她才是公司老板，我只是员工。”

就连这辆车也是她的呢——斋藤嘟囔着轻轻拍了拍沃尔沃的方向盘。

“那到时候，我也一毛钱都分不到了？”

“那还用说？我自己都会变得身无分文。”

“那也太惨了吧。”

“所以呀，”斋藤依然注视着前方，左手单手握着方向盘，右手伸到春美面前抢过罐装咖啡一口喝完，感受着温热美味的咖啡液体滑入喉咙，“我们得想个办法。她可能已经在准备离婚手续了，我们必须先下手为强。”斋藤斜眼看看春美，“你会帮我的，对吧？”

春美面露难色犹豫着，却还是答应道：“只要是我能做的，我一定会帮。”

“真的？一言为定哦。”说完，斋藤把空了的咖啡罐随手扔出了车窗。

## 2

深泽伸一马上意识到前方车子里扔出了什么东西。

握着方向盘的深泽只听到旁边闷闷的“咚”的一声，紧接着就是田村真智子“啊”的惊叫。

深泽朝旁边瞥了一眼，吃惊地发现真智子正捂着左眼。

“好疼！好疼啊！”真智子不停地哭喊。

深泽赶忙临时靠边停车。

“怎么了？”

“不知道，疼！好疼！太疼了！救我！伸一！救救我！”

真智子一直捂着左眼，深泽本想把她的手挪开看看情况，但立刻作罢，因为他看到捂着眼的手指间已经渗出了鲜血。

“我们马上去医院。”深泽赶紧发动车子。

在最近的一个路口下了高速后，他们在加油站问到了最近的医院地址，然后赶紧加速前往。加油站的工作人员看到副驾驶座上满脸是血的真智子时都错愕不已。

好不容易来到医院，却发现是一间小诊所，医生看了真智子的伤势，立刻联系了当地的大学医院。于是深泽只好载着真智子继续赶往几公里开外的大学医院。一路上，真智子疼得一句话都说不出来。

因为事先联系过，所以一到大学医院，真智子立刻被送进治疗室。护士问深泽是怎么回事，深泽自己也说不出个所以然来。

在等待真智子治疗的时候，深泽想到应该跟真智子在静冈老家的父母联系一下。他来到公用电话旁，却不知道该怎么开口，只是呆呆地拿着话筒。

他刚刚和真智子的父母说“再见”。

今天，深泽去了真智子父母家提亲。

真智子的父母之前就同意他俩交往，一听说他们要结婚，与其说因为女儿要出嫁而感到寂寞，倒不如说是因为真智子能嫁给深泽而感到放心。真智子的母亲乐得一直笑个不停，真智子的父亲甚至心急地开始想抱外孙。

“真智子还小，不太懂事，以后就拜托你了。”真智子母亲在道别时说。

真智子不服气地说：“不要老是觉得我还是小孩嘛，我可从来没让你们操心过吧？”

就在几个小时前，真智子的母亲还笑着目送他们离开。

从来没让父母操过心——深泽心想，也许这才是最让父母操心的事吧？他做了一个深呼吸，拨通了电话。

结束了那通让人难受的电话，深泽走出医院来到停车场，他想弄清楚到底为什么会变成这样。刚才在电话里，真智子的母亲也一直在问到底发生了什么。他目前只能回答说好像有东西砸到了她的眼睛。

深泽打开副驾驶座这边的车门，环视车内，很快就发现脚底下有个东西——一只空的咖啡罐。

显然，这不是他们的，他俩都不爱喝罐装咖啡。

所以——深泽回想起真智子喊疼之前的情景，他曾意识到前面那辆车里扔出过什么东西。一定就是这只咖啡罐！

“可恶！”深泽怒火中烧，伸手想拿起咖啡罐狠狠扔掉，但就在快要碰到咖啡罐之前，他突然缩回了手。这是重要的证物，不能随便留下自己的指纹。深泽环视车内，找到一个塑料袋，小心地将罐子装入袋中。

到底是谁干的?!

深泽是一名摄影记者，经常在户外工作，拍摄植物和野鸟。他常去各地的旅游景点或露营地，也常常感叹被随地乱扔的空罐子数量已经多到令人咋舌的程度。但他做梦也没想到，自己居然会以这样的方式成为乱扔空罐行为的受害者。

深泽回到医院，再次来到公用电话旁，打电话向当地警署报警。可是接电话的人刚听到一半就打断了深泽的叙述，说这种事不归他们管，让深泽去找事故发生地的辖区警署。深泽询问辖区警署的电话号码，接电话的人告诉了深泽，但态度明显很不耐烦。

深泽按照所给的号码找到了辖区警署的交通科，但对方也很让他失望。听完深泽的讲述，接警员不以为然地感慨说：“这种事太多了。”

“太多？”

“随手向车窗外乱扔东西的家伙实在太多，真搞不懂他们到底在想什么。”

“那我该怎么办？是等你们联系吗？”

接警员说话的态度就像是在闲聊，这让深泽觉得很烦躁。

“嗯，是啊。”接警员继续不冷不热地说道，“但就凭你提供的那些信息，我们很难找到对方的车辆，就算找到了车主，如果对方一口咬定没扔过罐子，那最后也只能不了了之。”

深泽沉默不语。

之后接警员又说：“不瞒你说，今天已经发生了好几起事故，我们蛮忙的，能不能麻烦你来一趟警署？然后我会做一份调查报告。”

深泽对警方的期待瞬间跌到谷底，他们只对那些被害人和罪犯一目了然的案件感兴趣，对于因为被乱扔的空罐子而受了伤的事件，他们只会认为是受伤的人自己运气不好。

接警员很“随便”地问了深泽的住所和姓名，于是深泽也“随便”地回答了一下。他知道如果自己不去一趟警署，警方不会主动来管，但他已经不想去了。

深泽气呼呼地挂上电话，回到治疗室，刚好真智子被送了出来，半边脸上缠着白色的纱布。

“你们是一起的？”主治医生模样的人问道。这位医生四十来岁，身材较瘦。听深泽回答“是”之后，医生把深泽叫到走廊的一角。

“伤口比想象的还要深，到底是被什么东西砸的？”

“是这个。”深泽把咖啡罐拿给医生看，“在高速公路上，从前面的车里扔出来的。”

“唉……”医生皱了皱眉，连连摇头，“经常会看到随手乱扔东西的混蛋，但真没见过在高速上还那么乱来的。”

“医生，她的眼睛怎么样？”

医生没有直接回答，而是避开了深泽的视线，就在这一瞬间，深泽已经猜到了结果。

“伤口太深了。”医生说，“视力，估计保不住了。”

“……是吗？”深泽盯着塑料袋里的空罐子，心想：反正不打算交给警察，自己留着也没用，真想现在就一脚踩扁。但他最终还是忍住了。现在，他发愁的是该怎么向正赶来医院的真智子的父母解释。

## 3

“你是说笑的吧？”春美瞪大了眼，盯着斋藤。

斋藤摇摇头说："抱歉，我现在哪有什么心思说笑，再不快点想办法就真的来不及了。"

"可是，杀人……"春美咬着自己的拇指，身体发颤，"没别的办法吗？杀人这种事……还是算了吧。"

"那要不我们分手？"斋藤从床上坐起身，"只要我们分手，我再跪下求她，说不定她就不和我离婚了。"

"那不行。"春美紧紧抱住斋藤，"我不要和你分手，无论如何都不要分手。"

"所以呀，没别的办法。一旦我被扫地出门，这间公寓的租金就没着落了，你也不愿意的吧？"斋藤松开春美的手，拿起放在枕边的香烟，叼起一支，然后点上，灰白色的烟雾摇曳着升向天花板。

春美依旧趴在床上默不作声，过了一会儿，才慢慢抬起头看着斋藤："万一被抓到怎么办？"

"怎么可能被抓到？"斋藤说，"我已经都计划好了。"

"具体要怎么做？"

"首先要制造不在场证明，当然，只能是假的不在场证明。"斋藤拿过烟灰缸，把烟灰弹落在里面，"我需要你的帮助。你说过一定会帮我的，对吧？"

"我是说过，但……"

“事情不难，只要你开一下车就行。”

“开车?”

“对，开我的沃尔沃。”斋藤穿上内衣离开大床，从电话桌上拿来便签与笔，“下周我和她要去山中湖的别墅，是一个很无聊的聚会，别墅区的朋友约好了每年聚一次，彼此‘晒幸福’。所以那一天，我和她要在大家面前‘秀恩爱’。”

斋藤边说边在便签的上半部分写下“山中湖　斋藤和久　昌枝”，昌枝是斋藤妻子的名字。

“与此同时，你坐电车悄悄离开东京，傍晚前到达别墅就可以。”斋藤说着，在同一张便签的下半部分写下“东京　春美”。

“坐电车?开车不行吗?”

“不行，”斋藤语气坚决，“开车太惹眼，万一被人看到，计划就泡汤了。你记住，一到别墅，就悄悄躲进沃尔沃的后备厢。我会先把备用的车钥匙给你，别墅的后门也会为你先留好。”

“后备厢?我不要。”春美躺在床上身体发抖，“感觉像被关禁闭，我不要嘛，万一出不来怎么办?”

“有我在，你放心。你先听我说完。傍晚的时候我会提议和她开车出去购物。当然，不是真的购物，而是把她带进深山里趁机干掉。假设这里是X，我会把尸体留在这里，然后回到车上打开后备厢。你出来后穿上她的衣服，除了上衣和外套，也戴上眼镜和帽子。你的身高和她差不多，乍一看不会有人认出来。你装扮好坐到驾驶座上，我坐副驾驶座，一起开车回别墅区。那时候在隔壁的院子里进行的露天烧烤派对应该已经开始，你就把车停在大家前面。”

“停在大家面前？不会被发现吗？”

“不用担心，那些人虽说是朋友，其实也只是一年见一次，不熟的。而且那时候天色已暗，你又坐在车上，不会被人发现。”

“好吧……然后呢？”

“我先下车去参加烧烤派对，你则开车回X点。我会跟大家解释说‘我太太有东西忘记买了’。”

“去尸体那里？我一个人？”春美说着，快哭出来了。

斋藤把烟头掐灭在烟灰缸里。

“你坚持一下，其实也没什么大不了的。一到X点，你就把衣服、眼镜什么的都穿回她的身上。”

“不行，我不行的。”春美一个劲儿地摇头，几近绝望。

“你可以的，没什么难的。就当是为了我，好不好？”

“可是……先不说帽子、眼镜，光衣服不行吧。我在书上看到过，尸体过了一段时间后会变硬。”

“那就把上衣脱下来丢在车里，这应该不难吧？”斋藤很坚持。

春美依旧满脸为难：“天都黑了，让我一个人和尸体待在一起？想想都可怕。我可能会吓得根本动弹不了。”

“你一定可以的。”斋藤抓着春美的肩膀前后轻轻晃动，“你是那种关键时刻绝对靠谱的女人。”

春美委屈地看着斋藤：“然后呢？”

“你再躲进后备厢。”

“又要进后备厢？”春美皱着眉说。

“那时候我会故意担心地跟大家说：‘怎么我太太去买东西那么久还没回来？’然后动员大家一起分头去找，再拉上一个人让他开车载我去 X 点。我们看到沃尔沃的同时就会发现她的尸体。然后我会让对方去报警，等对方走开，我就借机把沃尔沃开到附近的车站，让你从后备厢出来。接着你就可以没事儿人似的再坐电车回东京。”

“那你呢？”

“当然是再次回到现场。如果被人问起，我会说因为要去联系亲戚，所以去找公用电话了。”

“也就是说，”春美舔了舔嘴唇，“大家会以为是你老婆一个人去买东西，然后路上碰到坏人不幸遇害，而那个时候你正在别墅里和朋友们一起露天烧烤，所以有不在场证明？”

“没错。”斋藤坐在床边，抚摸着春美的头发。

“可是我并没有不在场证明，万一警察怀疑到我的头上来，怎么办？”

“警察不会怀疑你的。”斋藤很乐观地说，“只有她知道你和我的关系。她心气那么高，不可能告诉别人她的老公有外遇，所以不会有人把你和她的死联系到一起。不过之后的一段时间内，我们最好暂时不要见面。还有，我会选择通常情况下单靠女人的力气办不到的方法干掉她，所以哪怕之后警察知道了你的存在，也不会怀疑你。”

听完斋藤的说明，春美依旧满面愁容，斋藤看得出她还没有下定决心。

“其实我还有一个想法。”斋藤继续说，“保险起见，也给你制造一个不在场证明。”

“我的不在场证明？怎么制造？”

“很简单，打个电话就行。我会先给你的店里打个电话，问你在不在，对方当然会说你休息，然后我就挂掉。”

“然后呢？”

“接着，你到达别墅区之后，用手机给店里打电话，要装出你在自己家里的感觉。你告诉店里的人，说刚才接到一个男人打来奇怪的电话，问店里是不是也接到过。店里的人当然会说也接到过。然后你再装出很厌烦的语气告诉店里的人，说你被一个花痴男人纠缠不休，觉得很困扰，然后挂断电话。这么一来，店里的人就会以为你在家里，那么你的不在场证明就能成立。”

春美想了好一会儿，努力消化斋藤说的每句话，然后半信半疑地问：“能成吗？”

斋藤钻进被窝，搂住春美的肩膀：“一定能成，我保证。”

“可是……我好害怕。”春美边说边发抖。

## 4

是一辆白色的沃尔沃，而且应该是从御殿场开上东名高速的——深泽伸一对当时开在前方的那辆车的记忆只有这些。

除此之外，毫无线索。只靠这些信息根本不可能找出害真智子瞎了左眼的坏人。

在前往田村真智子家的路上，深泽叹了口气——要是能找到更多线索就好了。

真智子出事后住了两天院，现在在家静养。

其实深泽本来打算明天再去的，但真智子的妈妈打来电话希望他能早点儿过去。

“她的心情很糟，气都出到我和她爸身上了。我想如果她早点儿见到你，也许能稍微开心些。”真智子母亲拜托深泽。

深泽心想，这也难怪，虽然只是一只眼受伤，但有谁会在突然被夺走一只眼的视力后还能心平气和的？更何况真智子是美发师，视力好坏对这份工作而言非常重要。

田村的父母热情地招待了深泽。真智子左眼上的纱布让人看着心疼。一见深泽来了，真智子显得很高兴，她告诉深泽自己的日常生活完全没受什么影响。

“医生说，再过一周就可以拆纱布了，但眼睛还是看不见。”真智子说的时候甚至露出了微笑，有种一吐为快的感觉。她似乎故意用这种方式防止被悲伤笼罩。深泽懂得真智子，所以更加不知该说什么才好。

“走，去我的房间吧。”真智子拉起深泽的手朝二楼走去，“妈，你别进来哦，我们需要二人世界。”

“知道了，不会去打扰你们的。”真智子母亲笑着回答，同时对深泽点了点头。

一走进自己的房间，真智子就一下子抱住了深泽。虽然有些吃惊，但深泽也伸手抱住了她。

“你会嫌弃我吗？”真智子问，“我的一只眼睛看不见了，你会嫌弃我吗？”

“说什么傻话？我又不是要和你的左眼结婚。”深泽说。

真智子听罢，忍不住抽泣起来，眼泪打湿了深泽的马球衫。

“好疼！”真智子捂住左眼说。

虽然没了视力，但还是会流泪，伤口湿了会很疼。

“要紧吗？”

“没事，别担心。”真智子微微一笑，伸手拿起放在桌上、装着那个咖啡罐的塑料袋，“伸一，有时候生气也有好处。一看到你放在这里的空罐子，再多的难过都会被‘气’走。”

“我本来以为这东西会刺激到你。”

真智子还在住院的时候，深泽就把罐子拿给她看过。当时真智子坚持要留下它。

“我们……真的没法找出那个坏人，对吗？”真智子看着塑料袋里的罐子说。

“我也一直在想这个问题，但真的想不出什么办法。而且我们不是警察，不懂什么调查方法。”

“如果是撞了人后肇事逃逸，警察就会很上心吧？难道只有出了人命才会有人管？”

“也不尽然。我觉得因为肇事逃逸的那种案件抓到罪犯的概率比较高，毕竟现场和车身都会留下痕迹，要找出罪犯并不难。相比之下，我们这种事件能抓到坏人的概率要低很多，所以他们一开始就不起劲。”

“辛苦一场也立不了功的那种？”

“是啊。”深泽耸了耸肩，“连警察都觉得希望渺茫，靠我们自己去找就更加近乎不可能了。”

“那只能就这么算了？”

“不，我不想就这么算了。”深泽很明确地表示，“我记得那是一辆白色沃尔沃，正在寻思从这方面找突破口。”

“白色沃尔沃……”真智子若有所思，“也许是我看错了，但我记得曾看到那辆车的后窗上放着小气罐一样的东西，就是以前我们去露营的时候你也带去过的那种，用在煤气灯上的。”

“小气罐？真的吗？”

“我不是很确定。但我记得出事前确实看到过，当时还在想他们是不是去露营，真的和我们用过的那种小气罐很像。”

“嗯。”深泽知道真智子说的就是装着煤气灯燃料的、圆筒状小气罐，“但有人会把那种东西放在后窗上吗？而且是开沃尔沃的人？”

“不知道，也许是我看错了。”真智子情绪低落地垂下头。

看到她这副模样，深泽决心好好深挖一下真智子好不容易想起来的线索。

“那辆车是从御殿场开上东名高速的，也就是说，很可能是从富士五湖开出来的。”深泽说，“估计他们是露营回来，所以车上会有小气罐那种户外用品。”

“富士景区……一定是那里。”真智子拍手叫好，但紧接着脸上又愁云密布，“就算知道他们是从那里出来的也无济于事吧？毕竟周末去那里的人太多了。”

“话虽如此，但如果他们是住别墅的话，就还有机会。”

“别墅？对哦，沃尔沃虽然不是什么顶级豪车，但开沃尔沃的人很可能是有别墅的。”

“对！”深泽重重地点点头，“明天我就去富士那边的别墅区看看，说不定会有奇迹发生，让我找到那辆白色沃尔沃。”

“只能碰运气了……但就算找到那辆白色沃尔沃，要怎么证明对方就是那个扔咖啡罐的人呢？”

“是啊。”深泽想了一下，“这个等找到车子之后再说吧。”

## 5

周六中午，斋藤和久开着沃尔沃从家里出发去别墅。妻子昌枝坐在副驾驶座上，她特地关掉了车载电话。

“手头刚完成一个项目，今天不接电话。”昌枝笑着说。

“我记得去年就是被一通电话临时叫走的吧？”

“是啊，好不容易聚一次，都没能尽兴。”

昌枝继承了父亲的公司，经营着好几家商场，但她不是那种败家的富二代，而是很有上进心，也很要强，事业做得风生水起。她和斋藤属于自由恋爱结婚，但在工作上，昌枝与斋藤完全是上下级关系。

斋藤踩了个刹车，后排传来一阵声响，有东西掉到了后座上。昌枝扭过身拿起那个绿色小气罐问斋藤："这是什么？"

"哦，是上次加油站送的赠品，可能是车蜡吧？"

"这么小气？送这么不值钱的赠品？"昌枝说着，把罐子扔回后座。

六点多，两人到达山中湖。别墅的外观有一种加拿大小木屋的感觉，里面的配置则是高级酒店级别的。

斋藤把行李往屋里搬的时候，昌枝已经去隔壁别墅找朋友了。见昌枝的身影消失，斋藤拿起别墅的电话听筒，拨通了春美的手机号。

电话响了两声之后，传来春美的声音："是我。"

"现在在哪儿？"

"你家别墅附近。"

"路上没被别人看到吧？"

"没有。"

"好。"斋藤看了看手表，正好六点半，"按计划行事。你作好准备。"

挂断电话，斋藤又拨通了春美工作的酒吧电话。

电话很快有人接听，是一个女人的声音。

“春美在不在？”斋藤故意粗鲁地发问，他可以猜想到对方现在的表情。

“她今天休息，您是哪位？”

“你管我是谁！春美真的不在？你可别骗我！”

“没骗你。但你到底是谁？再不好好说话，我就报警了。”

斋藤没再出声，而是重重地挂断电话。他暗自为自己的演技叫好。接着，他再一次打给春美。

“我给酒吧打过电话了，该你打了。打完电话，记得按我们约好的藏到后备厢去。”

“你真的很快就会让我出来的，对吧？”

“当然了，相信我。”

挂上电话，斋藤走出别墅。别墅的停车房位于别墅楼的背面，被建筑物挡着，从正面看不到。

“嘿，你好呀。今年也请多多关照。”隔壁别墅的主人见到斋藤，热情地上前打招呼。

## 6

深泽伸一从河口湖步行走向山中湖。虽说这次的工作任务是拍摄周围的风景，但他一直围着别墅区打转。

也算是意料之中——深泽望着停在停车场的车子喃喃自语道。今天一整天，一辆白色沃尔沃都没看到。

自从与真智子约定之后，深泽一看到白色沃尔沃就会拍照存档。每次拍的时候他都在想，说不定这就是那个坏人的车。

深泽走进山中湖附近的一家咖啡馆。这栋白色建筑就像是从绘本里照搬出来的一样。果不其然，爱来这种店的全都是年轻女孩。深泽选了角落的位子坐下，点了杯咖啡。

就算找到那辆白色沃尔沃也未必能怎样——深泽从包里拿出装着咖啡罐的塑料袋，不由得叹了口气。其实，打从一开始，他就没觉得能找出那个人，只是顾及真智子的心情，觉得自己不能什么都不做就放弃。

昨天他又去见过真智子，她比之前气色好了些。

“我爸爸骂我了呢。”真智子说完吐了吐舌头，“他说事情已经过去了，不能太执着。”

真智子的父亲是个木匠，性格较为古板，对人对己都很严格。

“他还怪我给你也添了麻烦，你自己有工作要做，为了查这种事要浪费很多时间，会害你不能好好地工作。”

“好严厉的批评啊。”深泽苦笑道。

“其实我也是这么想的，所以，明天就了结此事吧。”真智子认真地看着深泽，“什么都不做的话，估计以后会后悔，但我已经渐渐平静了。所以最后再找一天，然后就到此为止，我会努力忘记的。”

“你确定？”

“嗯。就像我爸爸说的那样，该让这件事过去了。”真智子说着，拿出那个咖啡罐，“明天你找个地方把它扔了吧。一直留在我这儿，想忘都忘不掉。”

“好的。”深泽接过咖啡罐。

——该想想把这罐子扔去哪里了。

看着塑料袋里的罐子，深泽啜了一小口咖啡。

## 7

露天烧烤派对已经准备得差不多了，别墅区的朋友们也都聚在了一起。每次聚会，话题的中心人物总是昌枝，她就是喜欢这种被众星捧月的感觉。

斋藤看了一眼手表，对昌枝说：“我去买点儿东西。”

“缺什么吗？”

“酒呀，忘记买波本威士忌了。”

“那顺便再买点儿红酒吧，总觉得会不够。”

“好的。”

斋藤绕到别墅背面的停车房，走到沃尔沃旁，打开后备厢。春美果然已经听话地藏在里面了。

“太好了！”也许是在后备厢里太害怕了，一见到斋藤，春美都快哭了，“后备厢里又黑又冷！过会儿我还得再进去一次吗？”

“你再忍一下。她马上就要过来了，你乖乖地躲在里面。”

春美还想说什么，斋藤却没再理会，直接盖上了后备厢。

他故意等了约一分钟，然后坐上车，发动引擎。车子慢慢地驶出停车房，从派对人群前经过的时候，他还朝聚会的朋友们挥手示意。

地点早已选好——就在那片喊破喉咙也没人去救的森林里。实际动手并不难，毕竟春美做梦也想不到被杀的是她自己。

斋藤也觉得春美可怜，但他没办法。他本来只想逢场作戏玩玩，要怪也只能怪春美当了真。斋藤曾提出过分手，如果当时春美爽快地答应了，就没有今天这事儿了。但春美宁愿鱼死网破，把一切都告诉昌枝也不愿意分手。所以斋藤别无选择，只有杀了她。

蠢女人。

因为蠢，才会这么容易就中了斋藤的圈套。

“蠢女人还是死了好。”斋藤撇着嘴嘟囔道。

按计划到达目的地之后，只见周围树木环绕。斋藤停车戴上手套，然后下车打开了后备厢。

春美坐起身，惴惴不安地四下张望。天色已暗，但斋藤还是清楚地看到正感到极度恐惧的春美。

“都搞定了？”春美想问的是斋藤是否已经杀死昌枝。

斋藤摇摇头：“还没搞定，现在开始。”

“现在开始？”

“对，现在开始。”说着，斋藤的手紧紧地掐住了春美的脖子。

## 8

深泽刚走进这个高级别墅区，就看到一辆白色沃尔沃驶了出来。深泽刚想拍照，却发现车子已经快速开走。

与之前看到的那些白色沃尔沃不同，与这辆车相遇的一瞬间，深泽有种奇妙的感觉，他的直觉告诉他，很可能就是这辆车。

不会吧……但是……也许……深泽朝车子驶出来的地方看去，发现那里聚集了好几个一看就是别墅主人的名流，正在院子里开派对，所有人的年纪大约在三十至四十五岁之间。

深泽绕着别墅走来走去，发现停车房建在别墅主楼的背面，但现在里面没有车，估计刚才那辆沃尔沃之前就停在这里。

别墅周围都拦着铁丝网，但有一扇后门却没上锁。深泽决定进去一探究竟。

停车房是带屋顶的，还装有卷帘门。这种样式的停车房比开放式的停车场要安全，深泽曾听说有些仇富的人会半夜拿富人们的车泄愤。

停车房很宽敞，还兼库房。墙边放着几个置物架，上面放着一些绳子、帐篷等，还有折叠式的户外郊游用桌。

没看到小气罐——深泽正在纳闷。

突然，一个刺耳的声音从他背后响起："你在干吗！"

深泽一惊，手里的塑料袋掉在地上，咖啡罐从袋子里滚了出来。

深泽回头一看，一个浓妆艳抹的小个子女人正凶狠地盯着自己。

"啊，对不起，我是——"深泽掏出名片，"这栋房子太漂亮了，能允许我拍几张照吗？"

女人接过名片瞥了一眼，马上又还给深泽。

"很遗憾。不行，没兴趣。"

"这样啊。"

"没有别的事的话，你可以走了。"

"好的。抱歉，再容我问一个问题，好吗？上周六您也来这里了吗？”

“上周六？”女人诧异地摇摇头，“没有。问这干吗？”

“没什么。抱歉，告辞。”

“等一下！”女人叫住深泽，“你的东西掉了。”女人捡起地上的塑料袋还给深泽。

深泽环视了一下停车房，咖啡罐不知滚到哪里去了。

“还有事吗？”

“哦，没了。打扰了。”深泽说着，快步走出后门。

就这样吧——深泽心想。

咖啡罐消失了。

深泽觉得真智子会理解自己的。

## 9

周日晚上，斋藤与昌枝一起回到家。到家时也是由斋藤负责搬行李。昌枝一直在叫累，自顾躺在沙发上休息。

“我去把拓博接回来。”

拓博是他们养的宠物狗，去别墅期间寄放在朋友家。

“嗯，拜托了。”昌枝累得都快睡着了。

斋藤开车前往春美的公寓，此时，后备厢里正放着她的尸体。从别墅离开时，行李也都放在后备厢里，但昌枝没想过自己去搬行李，所以完全没有起疑。

晚上九点多，斋藤到达春美的公寓。

斋藤把车开进地下车库，最里面的车位停着一辆日产尼桑派美雅（Primera），是春美的车。斋藤把自己的沃尔沃停在派美雅旁边，戴上手套，然后下车。

斋藤绕到沃尔沃的后面，调整了一下呼吸，然后打开后备厢。春美躺在里面，姿势还保持着昨晚被扔进去时的模样。也许是因为像春美说过的那样，里面非常寒冷，所以并没有发出恶心的异味。

尸体仍是睁眼状态。斋藤避开那双眼睛，从春美的包里拿出钥匙，打开派美雅的车门，再把尸体从后备厢里搬出来，放倒在派美雅的后排座位上。

就这么搞定了，谁都没看到——斋藤迅速坐回自己的沃尔沃，狠劲儿十足地发动了引擎。

## 10

十月三十日，周一，春美的尸体被人发现。第一发现人是一名银行职员，他的停车位就在春美的停车位的边上。那天早上，他正准备开车去上班，无意间看了春美的车一眼，于是发现了尸体。年轻的银行职员是第一次看见死人，吓得他直到警察问话的时候仍一脸煞白。

警方立刻开始对公寓的住户进行询问，但没能确定尸体是何时被放入车里的。唯一可以确定的是，春美的车从上周五晚上开始就一直停在这里。

车上没有遭窃的痕迹，死者身上也没有受到过暴行的迹象。警方因此认为很可能是仇杀。

在调查过程中，警方获得了一条耐人寻味的线索，提供者正是春美工作的酒吧的老板娘。

“周六晚上六点多，有个奇怪的男人打来一个电话，问春美在不在。我说春美今天休息，对方没报姓名就挂断了电话。之后没过多久，春美也打来电话，问店里有没有接到奇怪的电话。我说有，然后春美就叹气，听起来她当时在自己家里，还说被一个花痴男人纠缠不清，觉得好烦。”

“她有没有具体说是什么样的男人？”

“没有。她似乎不太愿意多提。我也没多问，因为觉得如果真有什么的话，她应该会告诉我。”

这条线索为警方明确了下一步调查的方向，就是寻找与春美有关的男人。以前交往过的男人、有某种关系的男人……都成了警方的调查对象。

案发后第四天，斋藤和久的名字出现在警方的调查名单中。因为春美的朋友说起以前夸春美的衣服好看时，春美曾说漏过嘴，说是一个做时装生意的客人送给她的。经过警方的调查，符合这一条件的只有斋藤。而且之后警方又在春美的房间里陆续找到斋藤妻子所经营的商场内有售的不少同款时装。

警视厅搜查一科的金田与辖区警署的田所立刻找到斋藤。

与两名刑警对峙时，斋藤听到春美的名字后，先是装出一副想不起来的样子，只在听到酒吧的名字时才“哦!”地轻轻拍了一下手。

“是她啊，我在那家酒吧和她聊过一两次而已。她被人杀了？太震惊了。”

金田问斋藤是否送过衣服给春美。斋藤一脸讶异地连声否认，还说和春美没什么交情，怎么可能送她东西？

“上周的双休日你在哪里？”金田问。警方推断春美的死亡时间为周六中午到周日早上。

“你是在问我的不在场证明吗？”斋藤微微一笑，说了当天去山中湖别墅的事，还说一起参加烧烤派对的朋友都可以为他作证，“我几乎一直都和大家在一起，随便你们去问谁都可以。”斋藤说这话时的语气相当自信。

两名刑警回到搜查总部，专案组组长问起两人对斋藤的印象，两人不约而同地说，觉得斋藤很可疑。

周六，金田与田所一起来到山中湖，因为他们听说上周六参加过烧烤派对的山下夫妇这周也会来。山下夫妇平时住在静冈市，每月来别墅两次。

警方找上门的时候，山下夫妇觉得很困惑，不过他们说的与斋藤说的几乎一样。

“没错，我们是大约六点见到他们夫妻的，之后就一直在一起。那天的派对很热闹，烧烤结束后，我们还在斋藤家的别墅里一直喝到深夜两点多，害我第二天起来时宿醉得厉害。”看起来比较和善的山下先生眯着眼。

“当时斋藤先生有没有什么不对劲儿的地方？比如说看起来有心事？”田所问道。

“不记得了。”山下歪着脑袋回答。

“他是一直和你们在一起吗？有没有中途走开过？”慎重起见，金田追问道。

山下抱着手臂低头想了一会儿：“这么说起来，好像有过一次。”山下抬起头说，“就在派对正式开始前，六点半左右，他曾开车出去买酒。”

“一个人去的？”

“对。我记得他去了三四十分钟。”

“三四十分钟？”

两名刑警随后又问了一些关于周日的情况，然后向山下道谢离开。

“三十分钟足够他杀了春美，再将尸体藏在车子的后备厢里。”田所推测道。

金田也点头表示同意。

“只要找到春美曾来过这里的证据就行。”

之后警方又调查发现，春美向酒吧请假的日子与斋藤在外过夜的日子完全一致，春美的饰品中有被证明是斋藤所购之物。因此，搜查总部判断春美与斋藤应该是情人关系。

搜查会议上，大家都认为斋藤应该并不打算和富豪太太离婚，所以斋藤与春美可能会因为分手问题而产生分歧，那么斋藤就很可能因此对春美动了杀意。

但斋藤的不在场证明是一个问题。

据酒吧老板娘所说，周六傍晚，春美应该在自己家里，而当时斋藤人在山中湖，这样就不可能作案。

这时，一个年轻的刑警提出了一种新的思路——春美打电话给酒吧的时候，可能人就在山中湖附近。他推测打电话给酒吧的男人就是斋藤，而春美假装从家里打电话给酒吧也是受斋藤的指使。

如果春美当时就在山中湖附近，那么斋藤就有可能作案。斋藤杀死春美后将其尸体藏在后备厢里，第二天回到东京，再把尸体转移到春美的公寓，这么一来斋藤就能拥有不在场证明。

事实上，昨天去找斋藤的刑警也反映，当他们提出要查看一下斋藤的沃尔沃后备厢时，斋藤很大方地给他们看了。但很明显，后备厢最近刚被打扫过。

由此，警方认定斋藤具有重大嫌疑。

金田和田所带上春美的照片来到山中湖，走访了附近的餐馆、小店等处，但没人说见过她。

“没办法，今天先回去吧。”金田看着夕阳说。

“真遗憾，当时斋藤把春美藏起来了吧？”

“嗯。但会藏在哪里呢？”金田停下脚步，“春美被杀后，尸体应该是被藏在后备厢里的，那么春美活着的时候，说不定也被藏在车子附近？”

“别墅的停车房？！”田所说着，打了个响指。

“走！去看看！”两人赶紧联系了东京的警署，取得搜查令后进入了位于别墅主楼背面的停车房。

“有可能就是藏在这里吧？”

“嗯。不过这可是在斋藤老婆的眼皮底下啊。”

两人仔细寻找可能与春美有关的线索。虽然找到了好几个烟蒂，但他们知道春美并不抽烟。

“好像没什么线索。”

“咦……这是什么？”金田从户外郊游用桌下方捡起一个空的咖啡罐。

“奇怪。”金田说，“别的地方姑且不论，这座别墅里面可是干净到让我心生佩服的程度，视线所及之处没有一点垃圾。但这个空罐子怎么会莫名其妙地被扔在这里？而且看起来也不是很旧。”

“难道是春美躲在这里的时候喝过的？”田所有些激动地说。

金田用力点点头说：“反正也没有找到别的线索，就当作碰运气，带回去好好查一下。上面如果有春美的指纹，我们就可以高喊万岁了。”

## 11

“六月六日怎么样，是个黄道吉日。”深泽翻着日历说。

真智子却摇摇头说：“不行，这在国外是个不吉利的日子。还是选五月吧，五月二十九或者三十，这两天蛮好的。”

“不知道会不会有空的婚礼场地。”

“找找看吧。”真智子把开水倒入茶壶，稍等片刻，再提起茶壶想把茶水倒入两个茶杯，不料却倒在了桌上。

“呀！糟了！”真智子赶忙拿来抹布擦桌子，“对不起，没弄到你身上吧？”

“嗯，没事。”

真智子拿着抹布低下头：“因为只剩一只眼的视力了，远近感全乱了。我这副样子，能做你的妻子吗？”

“时间长了，就会习惯新的远近感。我们不是说好不再提那件事了吗？”

深泽想要换个话题，于是打开了电视。电视里正在播报新闻，报道说警方抓住了一名杀人犯，是个富婆的丈夫，杀死了他的情人。

“这世界上还真是什么人都有啊。搞不懂这种人还有什么不满的。”真智子真心觉得不可思议。

“和我们无关。”深泽说完，换了个频道。

# 镜中

## 1

“还有十天，对吧？已经等不及了吧？”见织田正埋头写报告，主任古川巡查部长一边往杯子里倒茶一边问。

织田抬起头，皱着眉头摇摇头说：“您别拿我开玩笑了。这阵子我整天在和婚礼会场、司仪以及搬家公司打交道，忙得焦头烂额。与其说已经等不及了，倒不如说真心希望快点儿结束。”

“你也就嘴上说说，其实心里不知道有多快活呢。”

“您饶了我吧。除了那堆麻烦事，还有新婚旅行的事要烦呢。”

“新婚旅行？真让人羡慕啊。”古川啜了一口茶，然后指了指贴在织田桌上的卡片式月历，“我记得你之前说要去夏威夷十天？看来最近警察的假期也多起来了嘛。”

“哪有多？我不过是把七天婚假和三天年假一起用上而已。”

“哦，不过你最好作好心理准备，估计这是你最后一次休这么长的假了。”古川邪气地笑着说。

织田不甘心地啧了一声：“现在连小学生都一周双休，我们当警察的都过劳了吧？应该让我们多休息。”

“那得先看看那些事故和案件能不能少发生。”

古川的话音刚落，一旁负责接收无线电信息的交通科的山下报告说：“主任，有事故。”

古川一听，立刻变了脸色。

织田也跟着站起身来。

“哪里？”古川问。

山下刚才收到的是县警总部发给交警指挥中心的无线电联络。

“E 町的交叉路口，轿车与摩托相撞。”

“收到。”

织田与古川一起准备出警。

这时，桌上的电话铃响起，是交警指挥中心打来的出警命令。古川一边听令，一边做简要记录。

“织田，我说的没错吧？”刚坐进警车，古川就说，“如果日本真的变富强了，首先应该让我们多休息。但事实上，你看那些案件啦，事故啦，哪天减少过?”

“物质条件是不错了，但算不上‘富裕’?”

“没错。”

织田打开警灯，发动了警车。看了看时间，此时已是深夜一点半。织田心想，这么晚了居然还有事故，看来古川说得没错，以后真的别想有什么长假了。

事故现场位于一个有信号灯的交叉路口。两个方向各只有一条车道，限速时速四十公里。道路两旁建有加油站和低矮的小房子，即使在白天，车流量也不算大。

织田与古川到达事故现场时，出事的车辆已经被转移至附近加油站的空地上。轿车是一辆白色的日本国产车，摩托车似乎也是日本国产的，但没法当即判断车型，只知道是排量低于50cc的轻便摩托。

现场只剩下两个最先到达的巡警。救护人员已经离开，送骑摩托的年轻人去了医院。

“我们从伤者身上找到了碟片租赁店的会员证，上面有他家的电话，已经联系过家属，告诉他们医院的地址。”一名中年巡警报告情况。

“辛苦了。伤者伤势如何?”古川问。

“似乎是头部受到重创，我们到达的时候他已经躺在地上一动不动了。救护人员也没能唤醒他。”

“头部？莫非他没戴头盔？”

“确实没戴。”

在一旁听着的织田不由得咬紧了嘴唇。虽然《交通法》明文规定驾驶轻便摩托时也必须佩戴头盔，但还是有很多年轻人就是不遵守。

“这下麻烦了。本来我看现场没什么血迹，还以为没什么大事呢。”古川看着路面说。

“确实没什么外伤。”

“有目击者吗？”

“没有。毕竟都这么晚了。”

“那倒也是。”

众人听从古川的指令，开始进行现场勘查。事故发生的具体地点在一条道路的停车线附近。当时，行驶到此处的摩托刚准备停车，轿车就从左角位置冲了过来。

“怎么会有这种撞法？”古川瞪大了眼睛。

“去问问肇事者本人吧。”

织田走到肇事车辆旁，司机就坐在里面，垂着脑袋，双手抱头。织田轻轻敲了敲车窗玻璃，司机这才缓缓抬起头。他的年纪三十五六岁，脸颊凸起，给人一种精悍的感觉。

“我们有话问你。”

肇事司机打开车门下了车，走路的时候右脚有些瘸。

“你也受伤了？”织田问。

“不碍事，不用放在心上。”

织田特地留意了一下对方说话时的吐气，他之前怀疑可能是酒驾。但就直觉而言，织田并没有闻到什么酒味。

肇事司机说自己名叫中野文贵。织田觉得这个名字很耳熟。被问及工作单位时，中野有些吞吞吐吐，但还是告诉了织田，他就职于当地一家著名的化学公司——东西化学。

中野说当时他正准备在交叉口右转，因为信号灯由绿变黄，所以他有些心急。估计是加速太猛，车轮打滑，慌乱中他本想调整坐姿，却不料反而没能及时转动方向盘，结果就冲向了反方向的车道。

织田觉得中野的解释还算合理。

但在一旁检查路面的古川却心生疑惑：“这就奇怪了。”

“怎么了？”

“你看这路面的制动压印，看上去很浅啊。”

“确实。”

亲眼确认过制动压印后，织田扭头问中野：“你当时的车速多少？”

“我记得稍微有点超速……大概时速五十公里左右。”

“但在转弯前，你应该减速了吧？”古川在一旁问道。

中野不确定地摇摇头说：“我不记得了，毕竟发生得太突然……”

“啊？”古川用指尖挠挠自己的脸颊，像是在自言自语地说，“从地面的制动压印来看，转弯时候的速度应该不是很快啊。”

“都这么晚了，你本来打算去哪里？是不是有什么急事？”织田问。

中野有气无力地垂着头说：“我之前去了一个熟人那里，而事故发生在我回家的路上。我并没有什么急事……”中野说得很含糊。

拍完事故照片，请 JAF 把事故车辆拖走后，织田与古川把中野带回了警署。来到警署后，他们再一次让中野讲述了一遍事情的经过。他这次说的与第一遍说的并没什么太大的不同。他一再强调自己记不清了。一般而言，肇事者总会主张一些对自己有利的说法，但中野几乎没有任何辩解，只说当时绝对是绿灯。

因为中野没有家属，所以织田只能联系中野的上司。做完笔录，中野的上司来到了警署。

“中野，你没事吧？”一个身材高大、皮肤较黑的男人走进交通科，看起来比中野稍微年长几岁，“抱歉给你们添麻烦了。我叫高仓。”男人向织田与古川有礼地低头致意，然后递上名片。看到名片后，织田愣了一下，古川也感到意外地叫了声“噢！”

东西化学株式会社业务部　劳务科　田径队总教练

“啊！您就是那位马拉松选手高仓先生?”古川拿着名片，点着头张大了嘴说道。织田也想起来，这位高仓先生十年前曾是一位表现非常活跃的马拉松选手，还参加过奥运会。

“所以这位中野先生……就是中野文贵吧?”织田拍了一下手，“我记得你以前参加过一万米和马拉松比赛，当时隶属的是 ×× 食品公司……”

听织田提起自己那些当年勇，中野低下了头，却并非因为不好意思，而是因为惭愧。如果是在别的地方听到这些话，他一定会感到自豪。

“现在中野在我们队里当教练。”高仓说。

“真让人吃惊，我在这行干了这么久，还是第一次和名人打交道呢。”古川不由得笑了起来，但马上又恢复严肃的表情，表明自己的立场——别以为名人就可以有特殊对待——“抱歉这么晚把您叫来，我们先说一下事情的大致经过吧。这边请。”

几个人在会客室的桌边坐下，织田和古川向高仓大致介绍了一下事故经过。得知明显是中野的责任后，高仓的眼神中也蒙上了一层阴霾。

“这样啊，真是糟糕。其实今晚是我派他去见一位大学老师，那位老师研究的是运动生理学，我们想请他对我们的训练提一些专业意见。因为那位老师白天总是很忙，实在没时间，所以只能夜里派人去向他请教。没想到，深夜开车居然这么危险。”高仓耷拉着肩膀，语气就像在说他自己应该承担间接责任一样。中野则在一旁缩成一团，一言不发。

保险起见，织田向中野问起他前去的大学和见到的老师的名字。中野似乎很在意高仓的意见，迟迟不予回答。

“中野一定是在担心，怕给那位老师造成不必要的麻烦。”高仓替中野解释说。

织田连连摆手说：“我们保证不会。”

“是吗？那我来回答吧，是——”

高仓所说的是当地的一所国立大学，中野见的是那所大学的丸山副教授。

中野在一旁担心地看着高仓。高仓对中野点点头，似乎在安慰他说：没事的。

“我们只会例行公事地问一下。希望你们能理解，这是我们工作的一部分。”古川的表情没有刚才那么严肃了。

“对方的伤势如何？”高仓颇为担心地问道。

古川摇摇头说：“还没收到消息。过会儿我们会去医院。”

“我们是不是也该过去？”

“我觉得今天已经太晚，你们不用去了。万一真有什么事，我们会联系你们的。”

“那就有劳你们了。”高仓低下头，表情僵硬，他心里很明白“万一”指的是什么事。

## 2

高仓带中野离开警署后，织田与古川立刻出发前往距离事故现场十分钟车程的市民医院。

受害者名叫荻原昭一。驾照显示他今年十九岁，因为没有找到其他证件，所以无法判断他是否是学生。

一到医院，古川就直接去了治疗室确认受害者的伤情。

织田则来到等候室，看到里面坐着一对夫妇，应该就是荻原的父母。两人都是小个子的中年人，正相互依偎着坐在一起，乍一看就像一对用来装饰的人偶。织田向两人脱帽致意。

“警察先生，到底怎么回事？不是我们昭一的错吧？”昭一母亲一见到织田就立刻站起身，走到织田跟前发问，此时已然两眼通红。

“给我回来！”

听到丈夫的斥责，昭一的母亲只能再次回到座位上。

“我们还得向您儿子了解一下情况。但就对方的证词来看，应该不是您儿子的责任。对方已经承认是他单方面的过失。”

听织田这么一说，两人稍稍露出放心的表情。他们刚才一定是在担心赔偿问题。

但很快，两人的表情再次变得凝重起来。

“对方呢？撞了别人家的儿子，不会要赖不管吧？”昭一的父亲恨恨地说。

织田告诉昭一的父亲，因为对方的情绪还不太稳定，所以今晚先让他回去了。

昭一的父亲不满地念叨了好一阵，之后便没再开口。

“您儿子伤势如何？”织田问。

昭一母亲满脸担心地低下头：“情况不是很好。被送到这儿之后也一直没有恢复意识……”

“毕竟撞到的是脑袋！估计伤得不轻。混蛋！要是我儿子有个什么三长两短，我绝不会轻饶那司机。”昭一父亲暴躁地抖起腿来，对肇事者充满了怒气。

“您儿子当时没戴头盔。要是他戴了头盔，也许不至于这么严重。”织田的言下之意是——姑且不论事故原因，从某种意义上来说，伤者是自作孽。

织田的这句话似乎很奏效，昭一的父亲听罢，啧了一声：“头盔……果然……那小子总是那样……都怪你！平时不好好教他。”

“儿子从来都不肯听我的话，你要是能说他几句……”

“我那么忙！……警察先生，如果没戴头盔，会不会对我们这边不利？”

“您儿子没有遵守必须佩戴头盔的法规，在这一点上是要受罚的。但这与事故原因并无直接关联。”

“是吗？那就好。”昭一父亲听罢松了一口气。

“不过，有没有戴头盔可能会影响到肇事方支付医药费的比例。对方应该会使用保险来进行赔偿，如果保险公司知道您儿子没戴头盔，那就很难获得全额赔偿。”

“会被扣多少？”

“这个啊……可能一半吧。”

“一半……”昭一的父亲挠了挠头。

“孩子他爸，先别管钱的事了。现在最重要的是保住昭一的性命啊。”昭一母亲大声说道。

这时，治疗室的门突然开了，护士们开始不停地进进出出。

“怎么了？是不是我们昭一……”

“不会吧……”

夫妻俩极度不安地站起身。

一名戴着眼镜的医生走到两人面前说：“荻原昭一的家里人吗？跟我来一下。”医生点点头，示意夫妻俩过去。

昭一父母与医生的身影在走廊上消失后，古川来到织田身边，皱着眉朝他摇摇头说：“没救活。”

“啊？”织田还没来得及多问一句，就听到走廊另一头传来荻原母亲撕心裂肺的哭喊声。

## 3

第二天早上，织田二人再次回到事故现场，确认昨天的调查是否有疏漏。虽然没什么新发现，古川却依旧觉得不可思议：“真搞不懂，怎么看都觉得这轮胎制动的压印都太浅了。如果是在车速很快时突然转动方向盘的话，应该有更明显的制动压印。”

“而且他之后的行为也很蹊跷吧？就算当时没能把控好方向，也不至于冲到反方向的车道上。”

“没错。如果是没能及时入弯，那也应该是撞到对面的角上去。”

“难道是酒驾？事后为了隐瞒而故意说谎？”毕竟这种事经常发生。

“我觉得应该不是。”

“会不会是疲劳驾驶？”

“如果是疲劳驾驶，他直说就行了。不管是方向盘操作失误还是疲劳驾驶，就责任而言都差不多。而且如果他当时正好犯困打盹，应该都不知道在路口要转弯吧。”

“这么说来，还是酒驾可能性最大。我们去找一下那所大学的副教授，这样应该就能弄清中野到底有没有喝过酒。”

“倒也是一个办法。”

确认完现场后，两人回到车里，一想到昨晚获原昭一没能被救活，两人的神情都显得有些沉重。医生说死因是颅内失血过多。

织田已经联系过中野和高仓，高仓答应天亮后会主动联系获原家。得知昭一的死讯，高仓很震惊。

“嘿，看那里！”织田正准备发车的时候，古川指了指两人的左边，“那边二楼有个男人一直在看我们。”

织田顺着古川所指的方向望去，看见一个男人正站在一栋破旧的灰色公寓楼的二楼阳台上。

“那男的从刚才起就一直盯着我们，还拿望远镜看呢。”

“是不是看热闹的？不过蛮可疑的，去找他问问吧。”

“好。从他那个位置应该能看清事故现场，说不定昨晚他看到过什么。”

“走。”

织田驾车载着古川来到公寓楼前。这是一栋没有电梯的四层楼公寓。爬上楼梯确认房间位置后，两人按下门铃。屋内传来低沉的男人的声音。织田告诉对方他们是警察。一阵沉默之后，房门缓缓打开，从里面走出一个胡子邋遢、身形消瘦的男人，看上去三十岁左右。

“抱歉，打扰您休息了。”

寒暄过后，织田把昨晚的事故简单介绍了一下。男人在听的过程中脸上几乎没有任何变化，这让织田相信，男人早就知道这起事故。

“您刚才一直在看我们，对吧？是不是昨晚您看到过什么？”织田单刀直入地发问。

男人被突然而来的问题弄得有些不知所措，张着嘴，一时语塞，看起来有些狼狈。但一想到警察估计已经猜到了大概，所以就没有继续假装不知道，而是不情愿地点了点头。

“当时我听到事故的声响后，就立刻跑去阳台看。”

“当时您还没睡？”

“没，我在工作。因为阳台上装的是纱窗，可以很清楚地听到外面的声音。”

男人名叫三上耕治，是一名“自由记者”，专门写报道卖给杂志社。

“事故发生后，您看到了什么？”

“也没什么。当时轿车的司机从驾驶座走出来，看到骑摩托的年轻人倒在地上，当场就慌了。当时那辆车上只有他一个人。”

织田觉得三上这里应该没什么特别有价值的线索。

“您当时听到的事故声响，具体来说是怎样的？是单纯的撞击声吗？”古川问道。

“呃，这个啊……”三上稍稍回忆了一下，喃喃地说道，“好像还有轮胎摩擦地面的声音。”

“嗯？轮胎摩擦地面的声音？”

“就是那种刺耳的‘吱——’当时那辆车应该在转弯吧？”说这话时的表情好像在说：这也很平常。

走出公寓回到车上，古川依然疑惑不解：“他说听到轮胎擦地声，那当时应该就像中野说的那样，车速过快导致打滑，但这与地面上的制动压印又没法吻合。”

“会不会有什么原因使得地面没能留下较深的制动压印？”

“只能这么想了……”古川的表情表明他其实并没有接受这

种说法。

从别的意义上来说，织田还没有释然，他总觉得三上的证词有些不对劲，但具体又说不出到底哪里不对劲，也可能只是一种错觉。

“先回去好好睡一觉再想吧。每次夜班出警之后，都会觉得脑子缺氧。”古川双手按压太阳穴，打了个大大的呵欠。

## 4

“真的？那个高仓总教练开车撞人了？”靖子原本就很大的眼睛此刻瞪得更大了。

“不是高仓，是他的部下中野文贵。被撞的人已经死了，这事儿估计会被媒体大肆报道。”

“搞大了嘛。雅之，你会因此上电视吗？”

“怎么可能？”织田苦笑着在桌边坐下。桌上放着靖子亲手做的三明治和色拉。每次下夜班回到家，靖子都会来为他送午饭。不过再过十天，靖子就不用这么来回跑了。

“那家东西化学的田径队似乎很强吧？听说他们常在马拉松比赛中夺冠。”

“是啊，那个高仓还曾经是奥运会选手呢。”

“最近他们队出了好几名优秀的女子马拉松选手，我记得前几天报上还报道过呢。”靖子说着，去翻堆在冰箱旁的那摞报纸，现在她在织田家就像在自己家一样随意自在，“找到了，就是这篇。”靖子说着，把报纸摊在桌上。

体育版面上有一篇名为《东西化学三名选手志在奥运》的报道。

“哇，一下子冒出三名优秀选手啊。”

报道中介绍了三名隶属于东西化学田径部的女选手——经验丰富的山本和美、由一万米长跑转项马拉松的堀江顺子和美国留学归来的新人王田代由利子。三人在同一支队伍中展开激烈竞争，目前成绩最好的是田代，但今后怎样还很难预料。

“眼下可是她们冲刺奥运会的关键时刻，偏偏这时候发生了那种事故，东西化学还真够惨的。”织田合上报纸时说。

“教练出了那种事，估计队员们也不好受。”

“其他队估计要偷笑了。”

织田咬了一口火腿三明治问：“对了，我们旅行的事准备得怎么样了？”

“完美无缺。”说到新婚旅行，靖子立刻两眼放光，“我已经做好了攻略，虽然行程有些赶，但毕竟只有一周时间，也只能这样了。”

“是以欧胡岛为主，对吧？”

“对。下了飞机直接在檀香山机场租车，你负责开车哦。”

“我比较担心我俩的英语。”

“有什么可担心的？在夏威夷，日本人哪里需要说英语？”之前去过几次夏威夷的靖子笑着说。

吃完午饭，织田小睡了两小时。在此期间，靖子在考虑家具的摆放位置。明天，她的东西就会被搬到这间小小的两居室里来。

醒来后，织田打了个电话去中野昨晚去过的大学，想约见一下那位副教授。对方说刚好今天有空。

“本来还指望你帮着一起打扫房间呢。”

丢下一个人生闷气的靖子，织田开着自己的私家车，离开了公寓。

丸山副教授个头不高，却有一身肌肉，像个运动员。丸山说他学生时代曾是游泳选手。织田觉得丸山一看就是搞体育的。

“昨晚中野先生找我商量训练方法的事。他是一个人来的。白天我们都很忙，只能约在晚上见面。”丸山的说法和高仓的证词一致。

“请问他是几点来的？”

“大概九点吧。”

“几点走的？”

“十二点左右。”

“你们谈了蛮久嘛。”

“是啊，要谈的事太多——这和事故有关吗？”丸山觉得织田的问题有些冒犯，一脸不悦地皱起眉头。

“没什么关系，只是随口问问。中野当时是否说过他离开后会去那里？”

“没说。应该是回集体宿舍吧？毕竟太晚回去会影响第二天的训练。”

“原来如此。”织田点点头：他知道东西化学田径部有专门的集体宿舍，中野平时和队员们一起住在宿舍里。

“中野回去的时候有没有很着急的样子？”

“有点吧，我当时还特地嘱咐他，开车要小心。”丸山有些惋惜地摇了摇头。

织田觉得问得差不多了。他环视了一下丸山的研究室，看到桌上有电脑，还有一些看起来很复杂的仪器。

“如今的体育运动没有科学的力量就不会有发展，特别是世界级水平的竞技，完全就是科学力量定输赢。”丸山鼻孔微张，得意地强调自己的研究意义非凡，“之前那种单靠努力或坚持就能获胜的时代已经一去不复返。”

“您最近在做哪方面的研究？不过我完全是个外行，您可别说太多专业词汇，不然估计我会听不懂……”

“最近主要在研究长跑时的肌肉运动、调查肌肉因跑步姿势或步伐节奏的不同而发生的变化。当然，对选手而言，肯定是变化越小越好。”

“所以高仓先生很需要您的建议，是吧？”

“算是互相帮助吧。对我来说，一流选手的实际数据是非常宝贵的研究资料。”刚才还说得洋洋得意的丸山一讲到这句，突然像是说错话似的露出一丝后悔的神情。

“你还有别的问题吗？”丸山一改之前的滔滔不绝，开始摆出赶客的姿态。

“没什么了。真抱歉，打扰您了。”织田说着，从椅子上站起身来。

## 5

家具店和电器行的人都几乎准时到达了。原本就不大的屋子因为一下子挤进一大群壮汉而显得更加狭小拥挤。

“柜子放那边。啊，不要竖着放，请横着放。没事的，我们之前量过间距。啊，电器行的师傅，麻烦你们抬一下那台旧冰箱。微波炉啊，放那边。”靖子就像施工队的工头一样利索地指挥着大家。织田本想帮忙，靖子却说：“你别动手，我已经付了搬运费，如果在搬动或放置时出了什么问题，他们会负责换新的。”所以，织田只能默默地站在一旁看着众人忙碌。

“呦，这么热闹啊。”只见古川出现在玄关处，他上身运动衫，下身牛仔裤。

“主任好。”

“多个人多个帮手。这把椅子要放哪里？”古川刚要伸手去抬和化妆台配套的凳子，织田和靖子立刻齐声高喊：“别动！”

古川闻声尴尬不已，伸着手，弯着腰，手足无措。

“别误会，我们的意思是说这些事就交给他们去弄吧。主任，我们到外边说话。”

织田说完，带着古川来到家具店的卡车旁解释了一番。

古川听完大笑：“你媳妇真是个人精啊。你就做个妻管严也蛮好的。”

“我可不想像主任您一样。对了，后来我去过那所大学。”织田把自己和丸山的谈话内容告诉了古川。

古川听完，立刻变得严肃起来：“这么看来，他们的说辞并无矛盾，也排除了酒驾的可能。”

“是我们想太多了？”

“也许吧，不过……”古川压低嗓门说，“昨天警署接到一通奇怪的电话，是上次那个名叫三上的自由记者打来的。”

“他在电话里说什么？”

“他说我们上次找他的时候，他说他听到过轮胎擦地声，但现在他觉得是自己搞错了。”

“搞错了？”织田不由得大叫起来，“到底怎么回事？”

“还不清楚，但他特地打电话来，这一行为本身就很有问题。一般人就算自己的证词有误，如果不是非常重要的信息，是不会特地再找警察改口的。”

“主任的意思是——三上有所隐瞒？”

“有可能。但他有什么可隐瞒的呢？肇事的是中野，而且中野自己也已经承认了。”古川双手抱臂，扭了扭脖子，关节嘎达作响。

“确实很蹊跷。难道他已经看出我们对车辆打滑的说法表示怀疑？”

“有可能。”古川重重地点了点头，接着又突然想起什么似的抬起头说，“也许……但不可能啊。”

“什么不可能？”

“我在想也许中野和三上认识。中野也知道我们对轮胎的制动压印存有疑问，所以他拜托三上告诉警方刹车时的动静没那么大。但他迟了一步，因为之前我们已经找过三上。所以三上才打电话给我们改口。”

“主任的意思是——三上其实是中野的‘托’？但当时是我们主动去找三上的呀。”

“也许他当时故意盯着我们，目的就是吸引我们过去找他。”

“原来如此……但他为什么要帮中野说话？”

交通事故中的当事人找“托”作证的情况并不少见，目的就是为了制造对自己有利的证词。但三上说的那些对中野并没有什么好处。

“我是真的搞不懂了。”古川愁眉苦脸地叹了口气。

下午，家具和电器终于都安放妥当。织田和古川回到屋里，坐在风格大变的客厅里喝着靖子泡的茶。

“没想到这屋子里还能放下这么多东西啊。”看着周围的家具，织田不由得感叹道，“感觉生活在家具堆里。”

“那就快点儿换个大房子呀。”靖子轻描淡写地说道。

“就凭现在这少得可怜的薪水？估计要等很久了。是吧？主任！”织田突然冲古川问了这么一句。

古川立刻露出复杂的表情：“只要你好好干，总会有办法的嘛。”

这时，靖子打开了电视——大大的电视屏幕与拥挤的小房间非常不搭——画面里出现了新闻主播的面部特写，正在报道那天晚上的事故。三人同时叫了起来。

此时，镜头中出现了高仓的身影。

“很抱歉给大家添麻烦了。对于死者家属，我们会以最大的诚意，尽我们的所能。”面对蜂拥而至的记者们，高仓心情沉痛地回答说。

“总教练也够惨的，这种时候还得出来面对大家。”

“总不能让肇事者出面吧。”织田刚说完，新闻画面切换到田径部的训练场景，正好拍到三位女子马拉松选手的表情。

“能问几个问题吗？”记者走到选手面前试图采访。

三人全都转过脸去：“我们什么都不知道。”说完就立刻逃似的离开。此时，镜头捕捉到山本和美、堀江顺子与田代由利子的侧脸。

就在这个瞬间，织田不由得倒吸一口冷气，想再次仔细地看一下，但画面已经转到下一则新闻。

“怎么了？”

“没、没什么……”织田百思不得其解。一种之前从未想过的假设在心中翻涌。他偷偷瞥了旁边一眼，发现古川也若有所思。

## 6

事故发生至今已经过去三天。织田正埋头整理着好几份之后发生的事故的报告。因为每天都在发生事故，所以他真的不可能只盯着某一起事故。

尽管如此，但当他搁笔小憩的时候，还是会忍不住去想那起事故的真相。

其实他心里已经有了某种假设，而且感觉真相应该就和他猜想的差不多。但他也很清楚，自己的推理并非滴水不漏，而且也没有证明的方法。

“你这几天怎么总是愁眉苦脸的呀？”坐在一旁的古川说，“难道这么快就得了新婚抑郁症？”

“您别说笑了。都忙成这样了，哪儿有空抑郁？”织田用笔敲了敲报告书，“我在想中野文贵的那起事故。”

“你说那个啊。”古川也露出一副心有不甘的表情，其实他心里也没放下那起事故，但因为有接二连三发生的事故等着处理，所以没工夫想太多。

“我查过中野过去十多年的驾驶记录，从未发生过事故，连违章都没有。很难想象他那种模范司机怎么可能那么疏忽大意。”

“没有违章或肇事记录的未必就是模范司机哦。”古川拿起织田桌上的旅行指南，随手翻了几页，“也可能就是因为从没犯过错，所以思想上懈怠了，结果就出事了。”

“话虽如此，但是……”

“你到底想说什么？”

织田稍稍停顿了一下，缓缓开口说：“我在想，也许当时开车的并非中野……”

古川听罢，一下子神情变得严肃起来：“你可不能瞎猜。万一你随口说的传到媒体那里，搞不好要出大事。”

“但如果不是中野开的车，那么一切都讲得通了。”

古川摇头说：“别再管那起事故了，中野已经接受处罚，案子都结了，你现在应该有更重要的事要考虑吧。”说完，古川把旅行指南放回织田桌上，起身离开。

目送着古川的背影，织田心想——主任应该也已经有所察觉。

“嘿，新郎官，还有一周，是吧？”突然，有人从身后拍了拍织田的肩膀。

织田回头一看，原来是长着一张四方脸、鼻毛窜到鼻子外的交通科科长正朝他贼兮兮地笑呢。

“是不是已经没心思好好工作了呀？”科长说完，也和古川一样拿起桌上的旅行指南，翻到有一页折角的地方问：“你们打算租车？”

“是的。”

“哟，最近年轻人都很会玩嘛，以前哪有人想过在国外开车啊。不过开车的时候要多加小心哦。要是我们的交警在国外违章被人抓了，那丢的可是全日本人的脸。”

织田点点头，心想：哪有那么夸张？

“喏，这一页上写着详细的行车注意事项，你好好看看哦。”科长把旅行指南摊开放到织田面前。虽然不拘小节算是科长的一大优点，但有时候他的神经太过大条。

就在织田伸手想要把指南放回原处时，页面上的一个词突然跃入他的视线——

是“右侧通行”这四个字。

## 7

东西化学田径部的集体宿舍是一栋用灰浆盖起来的两层小楼，乍一看，像是一栋很不错的公寓楼。一楼是田径队的办公室和食堂。

表明警察身份后，之前对织田不理不睬的工作人员一下子变得毕恭毕敬，不仅殷勤地把织田领进办公室，请织田坐上沙发，还端来了茶水。估计他是怕得罪了警察会对中野更加不利。

由于怕被媒体发现，织田今天特地没穿制服。

等了两三分钟后，高仓来到办公室，身穿一件藏青与红色相间的训练服，胸口绣着队名。

“抱歉，您那么忙的时候来打扰您。”织田起身，低头致意。

“不会，是我们给你们添了很多麻烦。”高仓在织田面前坐下。穿着训练服的高仓比上次在警署见时更显精悍，织田觉得对他们来说，还是这样的装束更合适。

“你们和受害者家属谈得怎么样了？”

“我们已经委托保险公司和律师进行沟通，应该会比较顺利。因为这事不光涉及中野一人，而是整个东西化学都应该为此负责。好在对方的父母也很通情达理，明白没有佩戴头盔是导致他们儿子去世的主要原因。”

“是吗？”织田回想起死者荻原昭一的父母当时在医院时的态度，猜测他们现在很可能已经被东西化学说服，所以没法申明自己的主张。

“请问您今天来有何贵干？”高仓嘴上问得看似漫不经心，脸上却明显露出了警惕的神情。

“其实我今天来是想再问一些有关事故细节的问题。”

“您想问什么？”

“我想和肇事者本人谈一下。”

“呃……”高仓狐疑地看了织田一眼，“那我去叫中野过来？”

“不，我不是这个意思——”织田舔了舔嘴唇，鼓起勇气说，

“我想和您队里的选手谈谈。”

高仓先是皱了皱眉，然后撇嘴笑了起来：“那起事故和我们的选手有什么关系？有必要和她们谈吗？”

“我觉得您其实很清楚我想和选手谈的理由。”

“我完全不知道。”高仓从沙发上站起身，“既然如此，恕我失陪了。我还有很多事要忙。”

“我必须查明事故的真相。”

“可笑！什么叫事故的真相？不是早就弄清楚了吗？”

这时，三名身穿制服的女选手从门口走进屋内。因为背对门口，高仓先看到织田的视线移动，后发现她们几个已经进来。

“你们来这里干吗？跑完了？回训练室去！”

见总教练发火，三名女选手一脸莫名地离开了办公室。织田刚想叫住她们，却被高仓一把拦住。

“您请回吧！如果您继续纠缠不清，可别怪我们不客气。我们和警方高层也算有点交情，非要撕破脸的话，麻烦的可是您自己。”

织田直直地盯着高仓，高仓则转过脸去没有正视织田。

“好吧，那我先告辞了。”织田点点头走出办公室。他选择离开，并非屈服于对方的威胁，而是现在他心里已经大致弄清了事情的真相——自己的推测果然没错。

回到停车场，织田走到自己的车旁。刚打开车门准备上车时，眼角瞥到一个人影，定睛一看，是田代由利子。只见她穿着田径部的训练服，正一边打量着织田一边朝织田走去，走到近处时，由利子微微点头打招呼。

织田看了看四周，确定没别人。

“可以和您谈一谈吗？”织田问。

由利子默默地点点头。

“那请上车吧。”织田打开车门，伸手请她上车。由利子有些犹豫地走到车门旁，看了看织田。

“请坐驾驶座。”

由利子听出了织田这句话的言外之意，投降似的闭了闭眼，没有任何抵抗地迅速坐进车内。织田关上车门，绕道车子另一边，坐上了副驾驶座。

“您应该不是第一次握方向盘吧？”

由利子沉默不语。

织田把车钥匙递给她：“发动吧。”

“啊？”

“发动引擎。”

“啊……哦。”

接过车钥匙，由利子笨手笨脚地发动了引擎。

“开转向灯。”

“哦……”说完，由利子抬起左手，却放在了控制雨刮器的拨杆上。意识到自己的错误后，她不由得“啊”地叫了一声，赶紧把手缩回来。

“果然如此。进口车与日本车不同，转向灯和雨刮器的位置正好相反。”

由利子默默地低下头。

“行了，熄火吧。”织田说。

由利子叹了口气，关闭了引擎。车内再度一片寂静。

“那天晚上开车的果然是你。”

织田的话音刚落，由利子的眼里就开始涌出泪水。

## 8

“那时候我只想稍微开一小会儿。其他时候一直是中野教练开的。”由利子哭着说。

“这一点我相信，毕竟没驾照的人也开不了太久。”

“我以为不会有事。我回日本已经很长时间，之前也经常坐别人的车，以为自己对左侧通行已经没问题了。”

“但当你真的手握方向盘时，却发现完全不是那么回事儿。”

“是的，您真懂。但当时我并不以为然……而且觉得反正是半夜，路上车很少……”

“所以你就提议由你来驾驶？”

“是的……为了能尽早在日本开车，想练练手。”

看着由利子的侧脸，织田心想：即使是冲击奥运的选手，本身也不过是普通的年轻人。

直到不久前，由利子一直在美国留学，还拿到了美国驾照。回日本后，她本可以去换日本驾照，但她一直没去办理相关的手续。不过，这一点在这起事故中并不重要。关键在于日本和美国不同，日本是左侧通行。而她在对左侧通行还不熟悉的情况下贸然驾驶，这才是造成事故的根本原因。

“当时中野教练跟我说太危险，让我停下，但我坚持说没事，缠着求他，让我开一小段路。”

“当时驾驶的时候，你是什么感受？”

“方向盘在右侧对我来说没什么问题，只有会车时见对方从右边开过来的时候会有些害怕。不过直行的时候，几乎可以忘记左侧通行的不习惯。”

“直行的时候……也许吧，但你肯定会遇到岔口，需要转弯吧？”

由利子闭上了眼，似乎回想起了当时的情形。

“在转弯前，我其实还提醒过自己，转弯后要开去左边车道，但就在我注意红绿灯的时候，不自觉地就开去了反方向的车道。等我回过神的时候，一切都晚了……”由利子双手捂着脸，泪水从指间流出。

“这种事常有的。”织田安慰道，“但很多是和你正相反——日本司机跑去国外开车的时候，特别紧急的情况下，之前的驾驶习惯就会不自觉地表现出来。”

织田的那本旅游指南上就介绍过，说很多日本司机在发动车子或左转时会不自觉地开去左侧车道。相反，在美国拿了驾照的司机就会出现右转时习惯性地把车开去反方向车道。由利子就是最好的实例。方向盘和车道的镜中像一样，和之前的习惯完全相反，难怪会出事。

“撞到人之后，我赶紧下车，却发现那个人已经一动不动。当时我完全吓傻了。现在正是关键时刻，我居然闯了那么大的祸……”

“关键时刻？你是说明年的奥运会？”

由利子点点头说：“如果撞了人，无论成绩再好，都会无缘奥运。哪怕是已经被选上的，也会被除名。”

织田记得几年前的冬奥会上也发生过类似的事情。当时一位原本有望冲击奖牌的日本著名跳台滑雪选手就是因为撞了人，最终不得不退出了比赛。不仅是选手自己，一直支持他的粉丝们也都扼腕不已。

“是中野教练让我快逃的，他说他会留在现场想办法。”

“他想替你顶包。”

“是的。我当时只想着自己必须快点逃走，所以一个人先跑了。跑到半路，突然有个人叫住了我。我吃惊地循声望去，发现是个不认识的人正坐在车里叫我。”

织田大致已经猜到那人是谁。“是三上吧？”

“嗯，三上不仅看到了我逃跑，还看到了我肇事的全过程。他很清楚我是谁。他对我说他已经全都看到了，但会把我送回宿舍，还叫我快上车。”

织田开始思考三上那么做的理由——难道他是由利子的粉丝？这似乎不太可能。难道他想先卖个人情给由利子，以后采访的时候可以取得独家？毕竟他是自由记者。

“回到队里，我马上把事情告诉了总教练。总教练当场就把我狠狠地骂了一通，但后来他又让我装作什么都不知道……”

“原来如此。”织田不由得对这种团队意识感到佩服。听由利子讲完事情的经过，高仓立刻明白了中野选择顶包的目的，同时也想好了下一步的行动。

首先，他们必须确保由利子当时不在车上。为此，高仓马上给丸山打了电话，把来龙去脉告诉丸山，并拜托丸山帮忙，坚称当天晚上是中野一个人去找他的。

织田回想起当初见丸山时的情形，现在想来确实有好几处不对劲儿的地方。首先，丸山当时非常强调中野是一个人来找他的。第二，他当时曾说漏嘴，说回去晚了会影响第二天的训练。如果去的只是教练中野一人，丸山没必要提第二天训练的事。另外，丸山还提过一流选手的数据对他来说很重要，说完后还露出后悔不该说的表情。现在想来，如果要采集选手数据，选手本人必须也在研究室。丸山当时应该已经意识到自己的证词前后矛盾。

织田他们找三上也许只是纯属偶然。估计后来三上联系过高仓，告诉高仓交警已经去找过他、他也为中野做了目击证词。听了三上的证词内容后，高仓感到强烈的不安，因为过于强调刹车时的轮胎擦地声可能会招来质疑。于是，三上之后又给警方打了个电话，说自己搞错了——事情应该就是这样。

“不过话说回来，没想到他会为了保护选手而牺牲自己。”织田说。

一旁的由利子突然冒出一句：“中野教练……我们快结婚了。”

教练和选手——最近常听到这种事。

“都怪我不好。就算再喜欢，至少也应该忍到奥运会结束。”

由利子已经哭成泪人，声音都哑了。

“以后可得当心啊。一定要引以为戒。不然，所有人的辛苦都会白费。”织田说。

由利子大吃一惊，抬头看着织田。

“事故报告已经送交检察院，肇事者是中野。”

“啊……您的意思是……”

“我只是觉得放不下，来确认一下真相而已。现在案子已经结了，我觉得不会有人因为翻案而高兴。”

由利子不知说什么才好，紧紧地咬住了嘴唇。

“马拉松可要加油啊！”

“一定！”由利子答应的声音虽然不响，却让人感受到了她坚定的决心。

织田走下车，绕到驾驶座，打开车门。由利子下车时，织田看到她训练服衣领间露出的白皙脖颈。

“最后再提醒你一句。”织田说，“伤好之前，别再让人看到你的脖子了。”

由利子“啊”地轻声叫了一声，赶忙捂住自己右侧脖颈——上面有一条幅度较宽的擦伤伤痕，那是安全带留下的。右侧脖颈有擦伤，证明她曾经坐过驾驶座位置。织田就是在看电视新闻时发现了由利子的这道伤痕后开始对她产生怀疑的。其实古川应该也已经发现，但就是不点破。古川和织田一样，也选择了保护由利子的将来。

“就这样吧。”织田坐上驾驶位，发动了引擎。

由利子一直目送织田开出了停车场。

开了一段路之后，织田在一间公用电话亭旁停了车。他插入电话卡，按下号码。电话没响几声，靖子就接听了。

“关于我们的旅行，我有个想法。”

“什么想法?”

“我们还是不要租车了。”

“啊？为什么?”

“不为什么，这次还是算了吧。”

“搞什么嘛。”虽然觉得有些纳闷，但靖子还是笑着说，“也行，不租就不租吧。今晚你来我家，请你吃大餐。”

“好!”挂上电话，织田哼着小曲坐回车里。